文治
© wénzhì books

个人的体验

[日] 大江健三郎 著

王中忱 译

浙江文艺出版社
Zhejiang Literature & Art Publishing House

1

鸟（bird）* 像野鹿似的昂然而优雅地低头看着陈列架上印制精美的非洲地图，很有克制地发出轻微的叹息。书店店员们露在工作制服外的脖颈和手腕上冷得起了鸡皮疙瘩，对于鸟的叹息并没有给予特别的注意。暮色已深，初夏的暑热，犹如死去的巨人的体温，从覆盖地表的大气里消失得干干净净。无论是谁，试图在幽暗的潜意识中摸索昼间存留在肌肤上的温暖记忆时，便流露出含混的叹息。六月，傍晚六点半，街市上已经没有了汗津津的行人。但鸟的妻子，此时可能正裸着身子躺

---

* 原文在汉字"鸟"上加注了假名，表明这个人物的绰号应该读作"bird"。——译者注（如无特殊说明，书中注释均为译者注）

在橡胶台布上，像一只被击落的山鸡似的紧闭着眼睛，身体所有的毛孔都不停地沁出数量惊人的汗珠，发出痛苦、不安而又含着期待的呻吟。

鸟战栗地凝神注视着地图的细部。环绕着非洲的海，涂成了冬日黎明时分晴空般令人心动落泪的天蓝色。经度和纬度都不是规尺刻画的机械线条，而是用能够让人感受到画家富有人性的不安与从容的粗笔线条表现出来的。那是象牙黑。非洲大陆很像是一个垂眉俯首的男人的头盖骨。这个头颅巨大的男人，忧伤地俯望着考拉、鸭嘴兽、袋鼠跳跃奔走的澳大利亚大地。地图下角那幅显示人口分布的微缩非洲图，颇似刚刚开始腐烂的人头；另一幅表示交通关系的微缩非洲图，则是一个被剥掉了皮肤、露出了全部毛细血管的惨不忍睹的头颅。这一切，都让人想起暴死于非命的血腥情景。

"要从架上拿下来给您看看吗？"

"不，我要的不是这个。我想要米其林版的西非地图和中非、南非地图。"鸟说。

当店员弯着腰在摆满了各种各样米其林版汽车交

2

通图的书架上忙乱寻找时，鸟以一个非洲通的口吻说："顺序编号是182和155。"

他刚才叹着气凝视着的是一本皮面精装、沉甸厚重、像一件陈设品似的世界全图里的一页。几周以前，他已经询问过这部豪华精装本的价格。那相当于他这个预备学校教员五个月的工资，如果加上当临时翻译的所得，用三个月的收入，鸟大概是买得起的。但是鸟必须养活自己和妻子，还有那个即将降生于世的东西。他是一家之主。

书店店员选出两种红色封面的地图，放在陈列架上。她的手掌小而且脏，手指像缠绕在灌木丛里的蜥蜴的四肢一样粗鄙。目光停留在女店员手指触及的、一个推着橡胶轮胎奔跑的青蛙模样的橡皮人地图商标上，鸟产生了一种买了件无聊东西的感觉，但这是非常重要的实用地图。鸟对那部和自己现在打算买下的地图迥然有异、摆在陈列架中央的华贵地图仍恋恋不舍，问：

"那部世界全图，为什么总是翻开非洲这一页呢？"

书店店员不由得警惕起来，一声不吭。

为什么总是翻开非洲这一页呢？鸟开始自问自答。可能是书店店主认为这部书里非洲这一页最美吧？然而，像非洲这样缭乱变幻着的大陆的地图，陈旧过时得也快；而这里也是陈旧向整个世界地图侵蚀的开始。因此，展开非洲这一页，似乎也就是明显地宣扬了这部世界地图的古旧。那么，如果选择政治关系稳定而又绝不会陈旧的大陆的地图，应该选择哪里呢？美洲大陆，而且是北美大陆？鸟中断了自己的自问自答，买下了那两份红色封面的非洲地图，低头穿过肥胖的裸妇铜像和奇形怪状的盆栽花木夹峙的通道，走下楼阶。裸妇铜像的下腹沾满了那些欲望得不到满足的家伙的手垢，像狗鼻子似的闪着湿润的光。学生时代，鸟也是伸手触摸者中的一个，但现在，他连正眼去看铜像的勇气都没有了。他曾经在医院里窥望到医生和护士们把袖口挽到肘部，在自己妻子赤裸的躯体旁用消毒液唰唰地洗着手臂的情景。那医生的手臂上，长满了浓密的毛。

　　通过一楼嘈杂的杂志贩卖处，鸟很小心地把用牛皮纸卷着的地图插入西装外面的口袋里，用手臂按住向前走。这是鸟第一次买实用非洲地图。可是，我实实在在在地踏上非洲大地，戴着深色太阳镜仰望非洲天空的那一天真的会到来吗？鸟惶惑不安地想。或许现在这一瞬间，我向非洲出发的可能正在决定性地丧失，也就是说，我现在正无可奈何地与自己青春时代唯一的最后一个充满激动和紧张的机会告别。倘若果真如此，那也……但这已经是不可避免的了。

鸟愤怒而粗暴地推开外文书店的门，走到初夏暮色里的柏油路上。空气浑浊，光线暗淡，仿佛被雾锁住了的柏油路。在排列着硬壳精装的外文新书的橱窗里，一个正在修理荧光灯的电工突然一耸身跳到了鸟的面前，吓得鸟后退了一步，呆呆站住，于是看到了暗淡的宽大玻璃窗里的自己，一个正以短跑运动员的速度衰老下去的自己。鸟，他现在二十七岁零四个月。他被人们叫作"鸟"，还是十五岁时的事。从那以后，他一直是鸟。现在，在橱窗玻璃墨色湖水里溺死者般笨拙地漂浮着的他，也仍然像鸟一样。鸟矮小瘦削。他的朋友们，大学毕业就职以后大都开始发胖，虽然有几个开始还保持着瘦体型，一结婚也都发了福，只有鸟，虽然腹部略有些凸起，但基本瘦瘦如故。他走起路来总是耸肩前屈，站立的时候也是这样的姿势。这是运动型的瘦削老人给人的感觉。他耸起的双肩像收敛的鸟翼，他的容貌也让人联想到鸟：光滑得没有一丝皱纹的淡褐色鼻梁，像鸟喙一样强有力地弯曲着；眼睛里满是胶液般迟钝的光，几乎没有表情流露，但偶尔会像受惊了似的猛然睁开；嘴唇总是紧绷着，又薄又硬，从脸颊到下巴颏儿一路尖下去；像燃起的火焰一样直挺地指向天空的红褐色头发。鸟在十五岁的时候就是这副模样，长到二十岁也还是如此。他的这副鸟样子会延续到什么时候呢？他是那种从十五岁到六十岁都只能以同样容颜、同样身姿生活下去的人吗？倘若如此，那么，现在鸟在橱窗玻璃里看到的就是度过了整个人生的自己。一种具体而切实到令人作呕的厌恶感袭来，鸟不禁打了个寒战。他感觉自己获得了上天的启示：疲惫不堪、备受子女拖累的老朽的鸟呵……

　　这时，在橱窗玻璃深处昏暗的湖水里，一个让人觉得有些形迹蹊跷的女子，向鸟走来。这是一个肩膀宽阔、身材高大的女人，其脸部高过鸟映在玻璃窗里的头顶。鸟感到身后有怪物袭来似的，不由得摆开架势回转身来。女人在鸟的面前停住，以一种调查研究似的严肃表情，反复打量着鸟。神情紧张的鸟也回头看着女人。突然，鸟从女人眼里紧张而敏感的神情看到了无动于衷的忧伤。女人即使不清楚鸟究竟属于何种人物，似乎还是发现了两人之间存在着某种利害相关的纽带，但就在这时，女人突然意识到鸟终究不是那纽带上的合适对象。这时，鸟也看出女人一头浓密鬈发下犹如安哲利科《圣母领报》图里天使似的脸部有些异常，特别是嘴唇上几根没有剃净的硬髭。硬髭穿过厚得惊人的脂粉，微微抖动。

"啊！"高大女人因自己轻率的失败而感到难为情，用年轻男子豁达的声音打了个招呼。那感觉挺好。

"啊！"鸟急忙微笑着，用略有些嘶哑、也是他给人造成"鸟"的印象特征之一的尖声回应。

男娼的高跟鞋来了个原地半回转，鸟目送他心情舒畅地转身远去，然后走向相反的方向。鸟穿过狭窄的小巷，小心翼翼地越过东京都电车公司的电车来往穿行的柏油路。鸟时常表现出这种痉挛般神经过敏似的谨慎，也让人联想起胆怯的小鸟。"鸟"这个绰号对他来说真是再合适不过了。

刚才那家伙看到我对着橱窗玻璃顾影自怜，又像在等人的样子，就误把我当作性倒错者了。鸟想，这是有损我名誉的误解！但当他转过身以后，男娼立刻意识到看错了人，他的名誉也就恢复了。因此，鸟现在只是很有兴致地体味着一种滑稽感。说一声"啊"，不正是那一时刻最合适的招呼么？那家伙无疑是个相当有理性的人。鸟突然对那个扮成女人的年轻男子产生了一种友好的感情。今天晚上，这个年轻人能够顺利地发现性倒错者，并勾引成功吗？也许我应该鼓起勇气跟着他走？如果我跟那男娼走进一个莫名其妙的角落会怎么样呢？鸟这样想象着，穿过柏油马路，走进一条鳞次栉比地排满小酒馆和快餐店的繁华街道。那个男子和我，大概会像兄弟一样赤裸地躺在一起亲切交谈吧？我之所以也要赤身裸体，是为了让他觉得更自由舒畅一些。我也许会毫不隐瞒地袒露妻子正在临产的事，还会告诉他，我很早以前就计划去非洲旅行，并打算回来后出版一本历险记《非洲的天空》，这些近乎匪夷所思的梦想。随后，我还会跟他说，一旦孩子生下来，我被关进家庭的牢笼里（事实上结婚以后，我已经被关进牢笼，但似乎牢笼的盖子还开着。而生下来的孩子将会把盖子盖得严严实实），我独自一人的非洲之旅就会彻底告吹。那个男人一定会理解我，把威胁我的神经衰弱的种子一粒一粒地细心收拾起来。为什么呢？因为这位忠实自己扭曲的内心，以至于女装打扮上街寻找性倒错同伴的青年，对深深植根于无意识底层的不安与恐惧，应该有着敏锐善感的眼睛、耳朵和心灵。

明天一早，也许我会和他一边听着广播新闻，一边面对面地刮胡子，共用一瓶剃须膏。那家伙虽然年纪还轻，但胡须似乎很浓。想到这里，鸟切断了自己天马行空的幻想，微微笑了起来。即使不能一起过夜，总该喊他一起去喝一杯。鸟走在两旁满是整洁而又便宜的小酒馆的街道上，挤在喧闹嘈杂且有几个醉汉混杂其间的人群里，他觉得喉咙很干，即使独自一人，也想去喝一杯。鸟灵活敏捷地转动瘦长的脖子，在街道两侧的酒店里寻找目标。然而事实上，他并不打算走进任何一家酒店。如果他满身酒气赶到妻子和婴儿身旁，岳母会做出什么反应？鸟不想让岳母，更不想让岳父再一次看到自己沉湎于酒精的模样。岳父退休以前一直在鸟就读的那所公立大学的英文系当主任教授，现在在一家私立大学讲课。鸟年纪轻轻就得到了预备学校英语教师的职位，与其说是自己运气好，不如说是岳父的恩赐。鸟很爱岳父，同时又怀着一丝畏惧。他是鸟所遇到的老人中最有分量的存在，鸟不想令他再度失望。

鸟是在二十五岁那年的五月结的婚，那年夏天，整整有四周时间，他连续不断地嗜饮威士忌。突然之间，他开始漂流在酒精的海洋里。他是烂醉如泥的鲁滨孙。鸟放弃了一个研究生所有的义务，打工和学习等都通通置之脑后，夜晚自不必说，甚至大白天，也躲在兼做厨房的客厅里听唱片，喝威士忌。而今回首往事，鸟觉得在那些黑暗的日子里，自己除了喝威士忌、听音乐就是沉醉不醒，几乎形同死人。四个星期以后，他从持续了七百个小时苦涩的酒醉里苏醒，看到凄惨醒来的自己如同经历了纷飞战火的城市那样荒芜颓败。作为仅剩下一丝复活希望的精神异常者，鸟不仅需要重新开拓心灵的旷野，还必须重新开拓与自己相关的外部旷野。

鸟向研究生院递交了退学申请，请岳父帮忙找到了预备学校教师的工作。两年以后的今天，他正面临着妻子的分娩。有着如此经历的鸟，如果再一次被酒精污染了血液，出现在妻子的病室里，毫无疑问，岳母会带着她的女儿和外孙拼死逃走。

鸟也时刻警惕着自己内心里残存的微弱却根深蒂固的对酒精的向往。自从经历过那整整四个星期的威士忌地狱之后，他不断地诘问自己，为什么会那样连续沉醉七百个小时，但始终没有找到一个确切的理由。搞不清自己当时为什么会陷入威士忌的深渊，突然间旧态重萌的危险便时时存在。只要鸟还没有弄清楚那四个星期生活的真正意义，也就没有真正掌握防止自己重陷凄惨的手段。

在让鸟着迷的有关非洲的书籍里，在一本探险史上他读到过这样一节："所有的探险家都毫无例外地提到过的，村民们的酗酒闹事的习俗，现在仍然保留，这表明在这个迄今仍然美丽的国度里生活依旧有所欠缺，无法被满足的最根本性的欲望驱使人们走向绝望的自暴自弃。"虽然这段话叙说的是生活在苏丹荒野上的部落村民，但鸟读了以后意识到，自己也是在回避，不去彻底思考那些存在于自己生活内部的欠缺和根本性的不满。然而这些都是确确实实地存在着的，所以鸟现在仍然深怀戒心地拒绝各种酒精饮料。

鸟走到位于放射状繁华街道中心深处的广场。广场正面大剧场上的电光表正好指到七点，是打电话给医院里的岳母询问产妇是否平安的时间。从午后三点开始，他每隔一个小时就打一次电话。鸟扫视了一下四周，广场周围有好多台公用电话，但都被人占着。鸟感到焦躁不安，这与其说是想急于了解妻子的分娩情况，不如说是担心守候在住院患者专用电话机前等候自己电话的岳母的情绪。自从女儿住进那所医院，岳母一直固执地认为自己在那里受到了侮辱性的待遇。如果医院里那台患者专用电话正巧被别的病人家属占用着就好了，鸟可怜巴巴地这样期待着。随后，他沿着刚才的街道往回走，在小酒店、茶店、年糕豆汤店、中华拉面馆、炸猪排店、洋货店等店铺间选择。只要走进某一家，总有办法借到电话。但鸟想尽量避开酒店，再说饭也早吃过了，还是去买点胃药什么的吧？

鸟边走边找药店，来到一个面向十字路口造型奇异的店铺前。这个店铺的屋檐上悬挂着一块巨大的彩色广告板，上面画着一个手持短枪摆出扳机待发身姿的牛仔。鸟看到在牛仔带马刺的长靴踏在印第安人的头颅上，写着"Gun Corner"（枪支柜台）的字样。店内纸制的万国国旗和黄黄绿绿的饰带下面，摆着一排色彩艳丽的箱型器械，一些远比鸟年轻的家伙川流不息。鸟透过贴着红蓝胶带的玻璃窗往店里张望，看到对面的角落里放着一台红色电话。

鸟从吼着过时的摇滚乐的投币留声机和可口可乐的自动售货机中间穿过，走进板条上粘着干泥的店内。突然，耳底感到鞭炮似的轰鸣。店里满是电子游戏机、飞盘，还有用来复枪瞄射放在箱子里的风景模型的游戏机（在小模型的林荫里，茶色的鹿、白色的兔子和绿色的大青蛙，载在小传送带上不停地转动。鸟从旁边走过时，一个被一群兴高采烈的女友围住的高中生刚好击中了一只青蛙，机器前的分数显示器加上了五分），以及围绕着这些机器的一群群十七八岁的年轻人。鸟像走迷宫似的艰难地穿过人群，终于走到电话机旁。鸟塞进硬币，拨动已经能背诵下来的医院电话号码。他的一只耳朵听到远方传来电话铃声，另一只耳朵则灌满了摇滚乐和犹如无数只螃蟹爬行似的脚步声。那是沉迷于游戏玩具里的青年们手套般柔软的意大利式皮鞋踩在起毛的地板上摩擦出的声响。岳母可能会对这嘈杂声感到疑惑不解吧？在解释为什么电话打晚了的同时，是不是还应该说明一下这些噪声？

电话铃声响过四遍以后，声音比鸟的妻子还年轻的岳母听了电话。鸟终于什么都没解释，立刻就打听妻子的情况。

"没呢，还没生呢。她疼得要死要活，但还没生，还没生。"

鸟一时语塞，凝视着胶木话筒上那数十个蚁穴，话筒表面像缀满黑色星星的夜空，随着鸟的呼吸时阴时晴。

"那么，八点钟我再打电话。再见。"停顿了一分钟后，鸟回答道。然后放下话筒，叹了口气。

鸟的近旁是一台赛车游戏机，一个菲律宾人模样的少年正坐在驾驶台上操纵着方向盘。兜风游戏机中央的圆柱支撑着捷豹牌的E型车，那下面是一条绘饰着田园风景的传送带，随着传送带不停地转动，E型车就一直奔驰在郊外秀美如画的道路上。道路蜿蜒回转，绵绵无尽，牛呀羊呀，牵着孩子的女人等障碍物不断出现，E型车不时遇到危险。频繁地转动方向盘使圆柱左右摆动，把车从交通事故的险情里救出来，就是游戏者的工作。那少年浅黑色的前额上刻着深深的皱纹，弓着腰专心致志地把握着方向盘。少年似乎有一种错觉，以为传送带的循环运动会结束，他的捷豹牌E型车可以到达目的地，锐利的虎牙咬在薄薄的嘴唇上，发出"咝咝"的声音，吐着唾沫，不停驱车前行。然而，满布障碍物的道路始终在小小的汽车前延伸，绵绵不绝。有时，传送带的转动速度缓了下来，少年便急忙从裤袋里掏出硬币，丢进游戏机上眼睑似的铁制投币孔里。鸟立在少年的斜后方，看了一会儿。渐渐地，他开始感到一种难以忍受的徒劳感从脚底升起。鸟像踏在灼热的铁板上似的，急匆匆地奔向后门。于是，他与一对奇怪的游戏装置猝然相遇。

右侧的游戏装置发出莫名其妙的巨大打击声，周围聚集着一群年轻人，身上都穿着专为美国人制作的香港风情的镶金镂银且绣着龙的夹克衫。鸟奔向左侧那个没人光顾的游戏装置。这是欧洲中世纪的拷问刑具"铁处女"的二十世纪版。一个足足有一人高、身上涂着红黑条纹的钢铁美女，双臂紧紧抱起，护住赤裸的胸部。想要掰开她的手臂，窥视她的铁乳房，是要拼上全身力气的，而钢铁美女两只眼睛里的计数器，是用来测试运动员握力与拉力的数字显示系统。在美女的头顶上方，则有各个年龄的握力和拉力的平均数值表。

　　鸟往钢铁美女的嘴唇里塞进一枚硬币，然后开始掰她护在胸前的双臂。铁腕顽强抵抗，鸟不断运劲。鸟的脸庞渐渐贴近钢铁美女。美女的脸涂了令人联想到苦闷表情的色彩，鸟觉得自己是在凌辱这姑娘。他拼命使劲，全身筋肉都感到了疼痛。突然间姑娘胸内齿轮转动，"啵、啵"的声音响起，她的眼睛显示出淡血色的数字。鸟全身筋肉立即松弛了下来，喘了口粗气，随即便把自己取得的数字和平均数值表做了比较。数值的单位基准并不明确，总之鸟获得的握力数值是70，拉力是75。平均数值表上二十七岁栏里写着握力110，拉力110。鸟难以置信地上下查看那张表，最后确认自己获得的数值相当于四十岁人的平均值。四十岁！鸟的胃部受到强烈冲击，打了一个嗝。二十七岁零四个月的男子，鸟，只具有四十岁的人的握力和拉力。这究竟是怎么搞的？肩和肋部、腹部的肌肉也像针扎似的疼了起来，这很让人担心会变成久治不愈的讨厌的肌肉痛。鸟必须努力恢复名誉，他转身走向右边的装置。连他自己也没想到，竟然会拿这种体力检测游戏这么当真。

鸟分开人群挤了进去，身着绣龙夹克衫的青年们敏感地停住了各自的动作，像自己的地盘被侵犯了的野兽似的，闪着挑战的目光围住鸟。鸟颇有些踟蹰，但只能若无其事地望着被年轻人团团围在中央的那台装置。那装置的结构，令人想到西部电影里的绞刑台。不过，在应该吊着倒霉的犯人的位置上，吊着类似斯拉夫骑士的头盔一样的东西，从头盔里露出一个黑色鹿皮沙袋，如果把硬币塞到头盔中央那只巨人眼睛般的孔里，就可以把沙袋拽下来，同时，装在支柱上的计数器指针也就指到零的位置。计数器中央印着机器鼠的漫画，机器鼠张着黄色的嘴叫着："喂！测量一下你的拳击力吧！"

因为鸟只是望着那游戏装置不动，一个绣龙装青年，面带羞色而又满怀自信，像给他做示范似的凑到装置面前，往头盔孔里塞进硬币，拉下沙袋。然后倒退一步，像跳舞似的全身跃起，向沙袋猛力一击。撞击声，还有牵引沙袋的铁环摩擦头盔的内壁发出的"咔嚓咔嚓"声响起，指针越过了计数器数字盘上的最大限度，徒劳地在那里颤动。绣龙装青年们一起哄堂大笑。刚才的拳击力超过了计数器的极限，游戏装置仿佛被打得麻木了，无法恢复旧态。那位满面春风的青年这回摆出徒手拳击的姿势，轻轻踢了沙袋一脚。计数器的指针终于转回到150处停住，而那沙袋则像疲惫的寄居蟹一样慢吞吞地缩回头盔里。年轻人中再次响起笑声。

鸟突然升腾起一种莫名其妙的热情。他为了不弄皱刚买的非洲地图，小心翼翼地脱下上衣，放在宾果游戏 * 台上。随后，鸟从为给妻子住的医院打电话准备的硬币中取出一枚，投到头盔里。身着绣龙运动装的青年们认真注视着他的一举一动。鸟拉下沙袋，退后一步，摆开架势。鸟在一所地方城市的高中受到开除学籍的处分后，在为了取得大学考试资格的会考准备期间，几乎每周都和同一城市的不良团伙斗殴。大家都怕他，且总有一批少年崇拜者围着他。鸟很相信自己的拳击力。他没有像刚才那个年轻人那样笨拙地跳跃，可能是想以正

---

* 宾果游戏：Bingo Game，一种数字赌博游戏机，其音源自游戏时胜者的英文欢呼声"bingo"。

统姿势出击吧，鸟轻轻踏出一步，随即挥右拳直直地向沙袋一击。他的拳击力将突破计数器的最高限度2500，让计数器半身不遂吧？结果出乎意料，是300。那一刻，鸟击打沙袋的拳头就那样弯在胸前，茫然无措地凝视着计数器。一股热血随即涌上脸庞。他的背后，绣龙运动装的青年们寂静无声，但他们的注意力都集中在计数器和鸟身上，这是确定无疑的。眼前出现了这样一个拳击力孱弱的人，大概让他们深感意外了吧。

鸟以完全无视青年们存在的姿态重新振作起来，再一次走近已经把沙袋收回囊中的头盔，又塞进一枚硬币，拉下沙袋。这次他不再顾忌什么正统姿势了，把全身的重量都运到拳头上猛力一击。鸟的右臂从肘部到手腕都痛得发麻，而计数器只显示出500。

鸟匆匆弯腰拾起上衣，对着宾果游戏台穿好，然后回身张望那些沉默地注视着自己的青年。鸟本想像一个早已引退的上届冠军那样老练地笑笑，把含有理解与惊讶的笑容送给年轻冠军。但那些身着绣龙运动装的青年冷冰冰的脸上全无表情，像看一只狗一样盯住他。鸟的脸一直红到耳后，耷拉着脑袋匆匆走出店门。他的身后，故意显示活力的响亮笑声涌了过来。鸟像受了侮辱的孩子，头晕目眩，大步穿过广场，匆匆走进剧场旁边的昏暗小巷。他已经失去了挤在繁华街道杂沓的人群里的勇气。暗淡的小巷里有妓女站立，鸟凶暴的神情吓得她们不敢近前搭讪。一会儿，鸟走入一条连妓女也不露面的小路，一道高高的土堤突然竖立在面前。暗影里散发着草叶的味道，他因此知道土堤的斜面上生长着茂密的青草。堤上面是铁路。鸟向土堤的两侧望去，看看有没有火车开过来，结果什么也看不清。他仰望漆黑的天空，但见红晕低垂，那是繁华街上霓虹灯光反射的结果。突然有雨滴落在鸟朝天仰望的脸颊上，风雨欲来，草的味道也更加浓重。鸟低着头，颇为无聊地撒起尿来。

鸟忽然听到身后杂乱的脚步声由远而近，撒完尿回头看时，自己已经被那些身穿绣龙装的青年团团围住了。他们背对着剧场那边照过来的微弱灯光，黑影幢幢，无法看清他们是怎样的表情。但就在这一瞬间，鸟意识到，刚才在那店铺里他们所呈现的毫无表情的神态，其中就潜藏着对自己彻底而冷酷的拒绝。他们发现了一个极其孱弱的存在，猛兽的本能便被唤醒。遇见软弱可欺的家伙就一定要欺侮，他们浑身躁动着暴力少年的可怕欲望，为了袭击这只拳击力500的可怜的羊而追赶过来。鸟感到恐惧，惊惶地寻找逃走的路。朝明亮的繁华街道跑，必须正面冲破包围圈最稠密的地方，以他刚才测定的体力（四十岁人的握力与拉力！），这不大可能，大概立刻就会被推挡回来。鸟的右边是被板障遮住的死胡同，左边，铁路堤坝和工地高高的铁网围栏中间有一条昏暗的狭窄小路，和对面奔跑着汽车的柏油马路相通。如果能冲过一百米左右而不被这些青年捉住，那可能就有希望了。

鸟决心已定。他猛然转身，做出向右边死胡同奔跑的样子，然后一个回转，向左边突进。但敌人都是施展此类袭击的老手，和鸟二十岁时在地方城市的黑夜里所做的行径一样，他们已经看穿对手的战略，鸟向右转的时候，他们已经向左移动，把这边封住。鸟转换身形向左突进的那一瞬间，恰恰和那个挺胸运劲、用刚才打沙袋的姿势击过来的黑脸青年正面相遇，他已经没有转身的余地。鸟受到了有生以来最凶狠有力的一击，身子后仰，跌到路边的草丛里。鸟呻吟着吐出血和唾液。青年们跟刚才打得沙袋计数器全身麻木时一样，发出响亮的笑声。随即再度沉默的青年们，把包围圈缩成比刚才更小的半圆形，俯视着倒在地上的鸟，待机而动。

鸟想，压在自己身体和路坝中间的非洲地图，肯定被弄得褶皱不堪了。随后，自己的孩子将要出生这一念头，第一次切切实实地跃上了鸟的意识的最前线。无明的怒火和粗暴的绝望感笼罩着鸟。在此之前，鸟除了惊愕、困惑以外，一心想的只是如何逃跑，但现在，鸟不再想逃跑了。如果现在不投入战斗，那么，不仅我去非洲旅行的机会将永远丧失，我的孩子也将只是为了度过苦难的生涯而出生。鸟确信自己获得了某种灵感。雨点滴在他干裂的嘴唇上。他抬起头，呻吟着慢慢挺起身。青年人围住的半圆形从容退后，引诱他向前。然后，一个非常倔强的家伙充满自信地踏前一步。鸟两臂无力地垂着，下颏前突，做出一副夜市上被随意踢在一边的木偶似的呆样子，立了起来。那个年轻人从容地瞄着目标，模仿棒球手的动作，一只脚高高提起，身体后仰，手臂后伸，然后开始进击。鸟低头下蹲，对着年轻人的腹部，猛然如牛似的冲撞过去。年轻人大叫一声，哇地吐出胃液，随即失声倒下，窒息了过去。鸟立即昂起头，与其他那些年轻人对峙。斗争的喜悦在鸟的身上复苏。这已经是多少年不曾有的事情了呵。鸟和青年们一动不动地互相注视着强劲的敌手。时间流逝。

突然，一个年轻人向同伴们叫喊道：

"住手吧，住手！这家伙不是我们的敌手，他是个老家伙哟！"

青年们的紧张立时全部解除，他们无视仍然保持着呆立姿势的鸟，拖拉着窒息了的伙伴向剧场方向撤去。鸟一个人被丢下淋在雨中，啼笑皆非的滑稽感油然而生。过了一会儿，鸟竟无声地笑了起来。他的上衣沾染了血污，只消在雨中走一会儿，就会变得和雨渍没什么分别了吧。鸟感到这是一种预先设定的和谐。被击中的下巴不用说了，眼睛四周、手臂、背部都感到疼痛，但自妻子开始产前阵痛以来，鸟现在的心情最好。他拖着跛腿，沿着铁路堤坝和工地之间的小路，向柏油马路走去。一辆工业革命时代的蒸汽机车正喷着烟灰，在路坝上行进，机车从鸟的头顶通过时，像是挂在黑色夜空里一头巨大的黑色犀牛。走到柏油路上，鸟一边等着出租车，一边把一颗被打断的牙齿从舌头与牙床中间抠出来吐到地上。

2

　　鸟像受惊的潮虫一样蜷曲着身子，睡在用图钉钉着一张沾满泥土、鼻血和胃液污迹的西部非洲地图的墙壁下。这里是鸟夫妇的卧室。鸟躺着的床和妻子空荡荡的床中间，放着一张塑料包装还没有拆去的鸟笼似的白色婴儿床。鸟像是对凌晨的寒气心怀不满似的呻吟着，做了一个痛苦的梦。

　　鸟站在尼日尔之东、乍得湖西岸的高原上。他到底是在那里准备做什么呢？突然，鸟被弗科赫尔*盯上了。这个凶暴的野兽蹄下翻腾着沙尘飞驰而来。这不是坏事。鸟之所以来非洲，本就是为了通过冒险、遇

* 弗科赫尔：应为 Phacochoerus 的音译。

26

难或遭遇新的种族，寻找到远在安稳平庸的日常生活之外的东西。但鸟手中没有任何能与弗科赫尔搏斗的武器。我既没有准备，也没有受过训练，就这样来到了非洲，鸟惊慌失措地想。而在这刹那之间，猛兽已经逼近。他想起少年时代在外地城市放浪时，把弹簧刀像秤坠一样缝进裤脚翻边里的往事，但他早就把那条裤子扔掉了。说来也滑稽可笑，他甚至想不起弗科赫尔用日语该怎么说。弗科赫尔来了！他听到那些丢下自己逃到安全地带的家伙在喊：危险！快逃！是弗科赫尔啊！而暴怒的弗科赫尔已经逼近了稀疏的灌木丛对面十米之遥的地方，鸟似乎很难逃脱。就在这时，他发现北边有一处被淡蓝色斜线围起来的地方，那斜线一定就是铁丝网。只要跑进那里面应该就没事了。那些把他丢下不管的家伙就只是站在那儿叫喊着。鸟开始往那儿奔跑，然而实在太晚了！弗科赫尔已经逼近他的身后。我毫无准备，也没经过训练，就这样来到了非洲。避开弗科赫尔的攻击看来已经绝无可能。鸟这样想着，已经彻底绝望了，但恐惧驱使他狂奔不止。蓝色斜线里，无数"安全的人们"眺望着奔逃的鸟。弗科赫尔令人诅咒的牙齿锋利而准确地咬进了鸟的脚踝……

电话铃不停地响着，鸟醒了过来。天放亮了，而窗外从昨晚就下起的雨还没有停。鸟努力从床上起来，光着脚踏着冰冷潮湿的地板，像兔子似的蹦到电话机旁。鸟拿起话筒，一个男子的声音，没有客套寒暄，问清楚他的名字后便说："请马上到医院来！婴儿出现了异常，有事需要商量！"

鸟突然孤立无援。他想继续品尝刚才梦境的余味，退回到尼日尔高原，尽管那梦就像浑身长满令人恐怖的针刺的海胆一样。鸟努力不让自己向后退缩，用仿佛谈论他人事情似的冰冷而客观的语气问："孩子的妈妈没事吧？"他觉得，用这种声音和这种台词搭配的情景，自己似乎遇到过无数次。

"孩子妈妈还好。事情紧急，请快来！"

鸟像缩回洞穴的螃蟹一样匆忙跑回卧室，想紧闭着眼睛重新缩回到温暖的床上，仿佛只要用这样的办法拒绝，现实的一切就会像梦中的尼日尔高原一样突然消失。然后，鸟摇晃了一下脑袋，切断刚才的念头，捡起扔在床边的衬衫和裤子。弯腰瞬间引起的身上的疼痛，让他回想起昨夜的战斗。他想重新唤回自己经受住的那场殴斗的自豪，但那当然是不可能的。鸟一边扣着衬衫扣子，一边抬头看那张西部非洲地图。在梦里他驻足的高原从地图上看是迪法高原，那里画着奔跑的疣猪。弗科赫尔就是疣猪，疣猪上方淡蓝色斜线部分标明那里是禁猎区。刚才在梦中即使逃到了那里，鸟也不可能获救。鸟又一次晃了晃脑袋，边穿外衣边走出卧室，然后蹑手蹑脚地下了楼。如果住在一层的房东老太太醒了，该怎么来回答她那被善意和好奇的砥石磨得锋利异常的询问呢？鸟现在还一无所知，只接到医院方面的通知，说婴儿出现了异常，但情况可能相当严重吧。鸟想。他在门口摸索着找到鞋子，尽可能不出声响地打开门锁，走进了黎明的微光里。

鸟的自行车倒在矮树篱笆下的碎石上，被小雨淋得精湿。他扶起自行车，水珠牢牢地粘在了朽烂了的车座皮上。他用衣袖擦了擦，还没擦干净，便一屁股坐了上去，像一匹发怒的烈马，蹄下砂土翻腾，穿过树篱直奔向柏油马路。屁股的皮肤马上被濡湿了，冰凉难受。雨仍然在下，风劈面吹来，他满脸雨水淋漓。鸟为了不让车轮掉进路面的坑洼里，一边骑车，一边睁大了眼睛盯着马路，雨珠直直地打到了眼上。不一会儿，鸟骑到更为宽阔明亮的柏油路上，拐到左侧。风夹着雨从他的右前方吹来，这样多少可以避开一点。鸟顶着风，上身右倾，努力保持着自行车的平衡向前行进。疾驰的车轮在柏油路面上薄膜般的积水中激起细碎的波浪，水珠腾落如雾。低头看着水雾起落，斜着身子奋力蹬车，鸟感到一阵晕眩。他抬起头，黎明时分的柏油路上空无一人。路两旁的银杏树叶又浓又厚，茂密的叶片上吸满了水滴，显得笨重臃肿。黑黑的树干支撑着一块块深绿色的海。如果这些海一齐冲决，鸟和自行车大概都要被淹没到那清香的洪水里了。鸟感觉到了这些树木对自己的威胁。高高的树梢上摇曳的叶片，在风中沙沙作响。他眺望东方树梢缝隙里狭窄的天空，那里灰黑一片，但深处似乎渗出了淡淡的桃红。神态卑微而羞涩的天空和猛犬般粗野地奔腾着的云。几只长尾蓝鸟像野猫似的从鸟的眼前大摇大摆地穿过，让他手足无措。他看见蓝鸟淡青色的尾巴上积聚的银色水滴，像虱子似的。鸟感觉到自己太容易受惊，眼睛、耳朵、鼻子也变得过于敏感了。他茫然觉得这是不祥之兆，当年他沉醉不醒的那段时间就是这样的。

鸟探腰向前，深深地低下脑袋，把全部体重都压到自行车脚蹬上，加速前进。梦中那无路可逃的情绪油然复生。但鸟现在是在疾速前行，他的肩膀碰断了银杏树细细的树枝，断枝像弹条一样弹过来，刮伤了他的耳朵。然而鸟并没有放慢速度。雨滴簌簌，从阵阵作痛的耳朵边掠过。鸟把刹车捏得直响，像自己发出吼声似的，一直冲进了医院的停车棚。他浑身淋得像一只落水狗。鸟抖动身子，甩去身上的水滴，同时陷入一种从遥远地方疾驰而来的错觉中。

在诊疗室前，鸟喘了口气，走进光线暗淡的室内，对着几张正在这里等候他的面目模糊的面孔，声音嘶哑地说：

"我是孩子的父亲。"为什么不开灯呢？鸟内心觉得奇怪。

鸟看到岳母坐在那里，像强忍着呕吐似的用衣袖掩着嘴巴，便走到她身边，在旁边的椅子上坐下。湿透了的衣服紧紧地贴在脊背和屁股上。和刚才闯进车棚时的粗野完全不同，现在的鸟就像一只精疲力竭的鸡雏似的浑身颤抖。

鸟的眼睛很快就适应了室内暗淡的光线，发现有三个审判官似的医生，沉默而审慎地看着他坐下。如果说法庭审判官的头顶上都悬挂着象征法律权威的国旗，那么对于诊疗室里的审判官们来说，身后的彩色人体解剖图就是象征他们独特的法律权威的旗帜。

"我是孩子的父亲。"鸟焦躁地重复道，声音里明显地流露出了惊恐不安。

"哎，哎。"坐在中间的那个男子（他是医院院长，鸟曾经看见他在呻吟的妻子身旁洗手）仿佛从鸟的话音里嗅出某种进攻的味道，带着几分戒备地答道。

鸟直盯着院长，等待他继续说下去。可是院长没有立即说明情况，而是从又脏又皱的白大褂衣袋里摸出烟斗，往里填起了烟丝。院长是个酒桶似的矮个子，因肥胖过度而显得发笨，还摆着很神气的架子。从白大衣敞开的地方可以看到他的胸部像骆驼背一样毛烘烘的，上唇和鬓角自不必说，连下颌耷拉的肥肉上也长满了胡楂儿。今天早上，他连刮胡子的工夫都没腾出来，也就是说，从昨天下午开始，他一直在为鸟的孩子奋力工作。鸟满怀感激地想，但因为从这位多毛的男子身上发现了难以理解的可疑形迹，终究还是不能放心。吸着烟斗的院长毛烘烘的皮肤下面一耸一耸地鼓动着，让人觉得其中深藏着某种被强制压抑、不能不警惕的东西。

终于，院长的烟斗从湿润的厚嘴唇移到圆鼓如球的胖手掌上，冷不防地转眼盯住鸟，拉开和当时的气氛颇不相宜的大嗓门问：

"先看看实物吗？"

"已经死了吗？"鸟焦急地问。

院长不明白鸟为什么会这样理解，一副惊讶的神情。接着，他的脸上浮现出暧昧的微笑，抵消了刚才的惊讶。

"没，没有，现在正哭得来劲呢，浑身动得也很有劲儿呢。"

鸟听到坐在身边的岳母发出了一声沉重而又造作的叹息。如果她不是用袖口掩住了嘴，这叹息可能会像一个喝过量了的彪形大汉打的酒嗝那样，把鸟和医生都撞得趔趔趄趄。岳母是真的忍受不住了，还是为了让鸟预想到他们夫妇所陷入的泥沼而有意递了个信息呢？

"那么，看看实物吗？"

院长重复地说，坐在他右侧的年轻医生便站了起来。是一个瘦高个儿男子，颧骨突出的脸上，左右两眼似乎有些不协调。一只眼睛焦躁而谨慎，另一只则温和而静谧。鸟随着年轻医生的动作抬起屁股，又吃惊地坐下后发现，年轻医生那只温静好看的眼睛是玻璃的。

"不，在看之前，能不能先给我说明一下。"鸟对"实物"这个词的反感一直梗在心里，他用备感惊恐的声音说。

"可不是嘛，猛地一看，肯定会吃惊的。当时我也吃了一惊呢。"

院长说完，厚厚的眼睑意外地闪出一丝孩子般羞涩的笑。而正是这丝窃笑，重新唤起了鸟刚才的印象：医生多毛的皮肤下深藏着形迹可疑的东西。他悄然渗出来的窃笑正是刚才暧昧微笑的变形。一瞬间，鸟愤懑难捺，怒视着浑身毛烘烘且仍然窃笑不止的院长。但鸟随即感觉到院长的笑里含着羞耻的味道。他从人家妻子的两腿中间取出了一个莫名其妙的怪物。可能是个脑袋像猫、身子像气球般鼓胀的怪物吧？他是因为接出这样的怪物而自觉羞耻，所以才吃吃地笑个不停。他的行为，和经验丰富的妇产医院院长的职业威严是不相般配的，不如说更像闹剧里庸医的演技。他现在正被惊恐、困惑和羞耻痛苦地折磨着。鸟纹丝不动，等待院长从窃笑中恢复常态。怪物，究竟是什么怪物？院长所使用的"实物"一词，让鸟想到了"怪物"，而附在"怪物"这一词汇上的荆棘，把鸟的胸腔刮得伤痕累累。鸟刚才自我介绍说"我是孩子的父亲"的时候，医生们之所以都惶恐不安，可能是因为在他们的耳边响起了这样的声音吧？"我是怪物的父亲！"

院长很快克制住了自己的笑，恢复了忧伤而威严的神情，但他眼睑和脸颊上蔷薇般的红色却没有褪去。鸟掉转视线，压制住内心怒火和恐惧交相激荡的旋流，问：

"你说吃了一惊，孩子到底是什么样子呢？"

"你是说外观上吗？看起来像长了两个脑袋。记得瓦格纳*有一首《双鹰旗下进行曲》吧，那太让人吃惊了。"院长说着又要偷笑，但这次他终于克制住了。

"像连体双胞胎？"鸟胆怯地问。

"不，只是脑袋看起来像两个。实物，看看吗？"

"从医学上来讲……"鸟仍踌躇不前。

"脑疝。因为头盖骨缺损，脑里的东西就溢出来了。打从我结婚后开设了这座医院以来，头一次遇到这样的病例，真的非常罕见，实在是太令人吃惊了！"

~~~~~~~~~~~~~

* 约瑟夫·弗朗茨·瓦格纳（Josef Franz Wagner，1856－1908）：奥地利军乐指挥家、作曲家，《双鹰旗下进行曲》为其代表作。

脑疝。鸟怎么也想象不出这种病症的具体模样。

"那么，患了脑疝的孩子有正常成长的希望吗？"他茫然失措，不知所云地问。

"正常成长的希望！"院长突然粗暴地提高了嗓音，好像发怒了似的说，"这是脑疝呀！即使切开头骨，把溢出部分推回去，能变成植物人就已经算最幸运的了。正常成长，这话到底是什么意思？"

院长冲着两旁的年轻医生摇晃着脑袋，仿佛对鸟如此缺乏常识而表示惊讶。那个假眼医生，还有一个沉默寡言、从脑门到头颈都像是蒙上了一层毫无表情的褐色皮肤的医生，都连连点头，仿佛口试的主考官责怪答错了题的学生，严厉地注视着鸟。

"那么说，很快就会死吗？"鸟问。

"现在还不会吧，到明天，也许还要更长时间。这是个生命力很强的孩子呀。"院长相当客观地回答，"那，打算怎么办呢？"

鸟像挨了重重一击的毛头孩子，狼狈不堪地沉默着。这叫人还能怎么办呢？院长就像一个居心不良的国际象棋棋手，把鸟逼上了绝路以后又问他怎么办。怎么办？跪地长哭吗？

"如果您愿意，我可以介绍您去 N 大学医学部的附属医院。当然要您愿意！"院长的口吻，就像是出了一道隐藏着陷阱的智力测验难题。

"要是没有别的办法的话……"鸟努力想看穿对方的用心，但结果什么线索也没抓住，徒劳地怀着一份戒心说。

"没有别的办法。"院长干脆地答道，"但不管怎样，该做的都做了，可以说是尽到心了。"

"就这样放在这儿，不可以吗？"鸟的岳母说。

不只是鸟，三个医生也都吓了一跳，他们的目光都转向这位唐突的发问者。岳母一动也不动，宛如天下最阴沉的口技表演师。院长像在估价似的严肃地凝视着鸟的岳母，接着，也顾不上体面，直截了当地自我保护说：

"那不可能。那可是脑疝啊，那怎么可能呢。"

岳母听了这话，仍然用袖口掩着嘴，一动不动。

"送到大学医院去吧。"鸟下了决心。

毛烘烘的院长立刻接过鸟的话头，进行了精彩的发挥。他像个颇有能力的实干家，麻利地指示身旁的两位医生立刻和大学医院联系，安排急救车。

两个医生按院长的指令分头走后，院长似乎卸去了什么重负，很安心地拿起烟斗，再次往里填起了烟草，说："我们还会派一个医生跟着急救车，这中间绝不会出什么问题的。"

"谢谢。"

"你岳母还是让她继续陪着产妇吧。你呢，是不是该换换湿衣服？准备急救车得花二十来分钟。"

"好吧。"鸟说。

院长把身子挨近鸟，像要开什么下流玩笑似的表现出过分的亲昵，小声说道：

"当然，你是可以拒绝手术的！"

可怜而凄惨的孩子呵！鸟想。我的孩子来到现实世界第一个遇到的，就是这个肥胖过度浑身是毛的矮男人。但鸟心中仍旧只是茫然，愤怒与悲伤的感情还没结晶成形，就立刻化作泡沫消散殆尽了。

　　鸟、岳母和院长各自扭着脸，一起默默地走到了大门前的外来患者候诊室。鸟回头望了望岳母，准备在这里和她告别。岳母长得像是他妻子的姐妹似的，用一双和妻子十分相似的眼睛望着他，像有什么话要说。鸟等待着。但岳母只是看着他，眼光暗淡无神，一言不发。鸟觉得岳母好像赤身裸体站在公众面前那样羞耻不堪。她的眼神甚至脸色都麻木到没有知觉，那么，她到底有什么好羞愧的呢？鸟在岳母垂下眼帘之前，先掉转视线，向院长发问：

　　"是男孩还是女孩？"

　　院长冷不防地被他这么一问，不禁又吃吃地笑了起来，用刚从医学院毕业的实习生一般的口吻回答道：

　　"嗯，到底是哪个呢，我倒忘记了，好像看到了，那个，小鸡子。"

　　鸟独自走进停车棚。雨停了，风也弱了，天空飘动的云明朗而干爽，是一个从黎明时分昏淡的茧壳里脱跳而出的流光溢彩的清晨。初夏时节清馨的空气，却让鸟浑身的肌肉以及五脏六腑都觉得疲倦不堪。鸟的眼睛被建筑物里残留的夜色温柔地抚慰着，又开始受到湿漉漉的柏油路面和茂密的街树反射过来的白且硬的冰柱般的光线刺激。鸟迎着晨光，正准备翻身上车，忽然觉得自己仿佛站在跳水台上，因为离开了踏实的地面而感到一阵头晕。他宛如被蜘蛛逮住的奄奄一息的小虫，全身都麻木了。你可以就这样骑上自行车，到一片陌生的土地去，然后泡在酒里，泡他几百天。鸟仿佛听到了令人难以置信的天启的声音。他沐浴着晨光，坐在歪歪斜斜的自行车上摇摇晃晃地继续等待着，然而那声音再也没有响起。鸟平定了一下自己的情绪，像一个懒汉，慢吞吞地蹬起了自行车。

　　……当鸟站在兼做餐厅的客厅中央光着身子弯着腰，伸手去取放在电视机上的新内衣时，他看到自己光光的手臂，才突然意识到自己现在是赤身裸体。他像搜索一只匿逃的小鼹鼠似的，瞥了一眼自己的生殖器，心里羞耻不堪。鸟像锅里的炒豆，蹦跳着穿好内衣，套上裤子，扣上上衣。现在，鸟和院长、岳母都锁在同一条羞耻的感情链环上了。人类充满了危险而又残破易碎的肉体，是多么让人感到羞耻的东西啊！鸟像混进足球场更衣室的处女，低着头哆哆嗦嗦地逃离了客厅，逃离了楼梯，逃离了家门，跨上自行车，逃离了身后的一切。如果可能，鸟希望能逃离自己的肉体。和步行相比，骑自行车虽然差不了多少，但毕竟是一种更有效地逃离自身肉体的方式……鸟踩着自行车，看到一个白衣男子抱着一个干草篮子似的东西，从医院门口一路小跑过来，分开人群，钻进急救车敞开的后门。在鸟的内心里潜藏着逃走念头的绵软角落，很希望眼前的情景发生在遥远的万米以外，自己不过是一个清晨早起的散步者，与那情景毫无关系。然而鸟像一只在架空的土壁上一边挖掘一边前进的鼹鼠，尽管被黏重的障碍百般阻挠，但他终究不能不向那里靠近。

鸟从人群背后绕过去，停住车，然后跳了下来，弯腰用链条锁把沾着湿泥巴的车轮锁上。这时，背后忽然响起了充满责难的声音："自行车可不能放在那儿呀。"

鸟惊恐地回头，恰巧和责怪他的那位毛烘烘院长的目光相遇。于是，鸟把自行车扛起来，藏到旁边的灌木丛里。八角金盘的叶子上积聚的水滴唰唰地落了下来，从鸟的脖颈一直流到脊背上。平日暴躁易怒的鸟，现在对这些琐细的倒霉事情一点也不在乎，都理所当然地接受了。他已经连咂嘴的愤怒都没有了。

鸟从树丛里走出来，鞋子弄得脏兮兮的。院长似乎后悔刚才那样居高临下地斥责鸟，他把粗短肥胖的手搭在鸟的肩上，一边引导急救车，一边像报告一个很了不起的秘密似的，颇振奋地对鸟说：

"是个男孩呀，我记得我是看到小鸡子了。"

两臂护着篮子和氧气瓶的假眼医生和另一个身穿白衣、皮肤黝黑的救护员上了急救车，篮子里的东西被救护员的背挡住了，看不清楚。只听见装满了水的烧瓶里氧气泡的波波响声，像是发出了细微的信号。鸟在他们对面的另一张长椅上坐了下来，感觉坐得很不安稳。鸟是坐在了放在长椅上的帆布担架上了。鸟咕咚咕咚地晃动着屁股，透过玻璃车窗向外张望，猛然间打了一个冷战。医院二楼所有的窗口和露台上都站满了孕妇，一起朝这边望着。可能是刚刚起床盥洗，还没化妆的发白面孔浴在晨光里。她们都穿着柔软的睡衣，颜色有红有蓝，还有淡蓝。特别是那些走到露台上的孕妇，长垂到脚踝的睡衣被微风拂起，宛如一群空中起舞的天使。鸟从她们的表情里看出了不安与期待，甚至欢欣，他低下了头。警笛拉响，急救车出发了。鸟被车颠簸得差点从长凳上滑落下来，他运足浑身气力，站稳脚跟。都是这警笛！他想。对于鸟来说，警笛从来都是由远处传来，掠过身边向远处响去的运动体，但是现在警笛却像他体内的疾病一般固执地纠缠着他，而且将永远不会远离。

假眼医生转过脸来说："现在还没什么问题。"

"谢谢！"

医生的态度里包含着很细微却很明显的权威式热情，而鸟也愿意像糖一样融化在那热度里。鸟如同丧家犬似的被动态度，拂去了医生眼神里的踌躇和疑虑。他对自己的权威充满自信，并把它充分表现了出来。

"这确实是非常罕见的病例，我也是第一次看到。"医生神情专注，边说边点头，并灵敏地利用车身摇晃的机会，把身子移到鸟的近旁。放着帆布担架的长凳坐上去感觉不稳，但他并不介意。

"您是脑科专家吗？"鸟问。

"不，不是。我是妇产科医生。"假眼医生纠正说，不过这种程度的偏差并不足以损伤他的威严，"我们医院没有脑科医生，但这症状再清楚不过了！脑疝，确定无疑。要是再从脑里溢出来的瘤上打一针，抽出髓液检查一下，就更清楚了。但要是做得不好，针刺到了脑部就不得了了，所以还是就这样原封不动地送到大学医院去。我是个妇产科医生，能遇见脑疝婴儿这样的病例，实在太侥幸了。我也希望能够亲眼看看解剖手术。你肯定是赞成解剖的吧？现在这时候，这么直率地谈论这件事情，你大概会感到不愉快。不过，这样的经验积累多了，医学才会进步。你孩子的解剖，很可能会帮助下一个患脑疝的婴儿得救！更坦率点说，为了这个孩子，也为了你们夫妇，他还是早点死了为好。当然，对患这种病症的婴儿，也有些人莫名其妙地抱着乐观的态度，但我觉得到了这个地步，还是早点死了幸福。这可能是年龄不同看法不同的缘故吧。我是一九三五年出生的，你呢？"

"我也是那个年代。"鸟来不及把自己的出生年月准确地换算成阳历，"那，痛苦不痛苦？"

"我们这一代？"

"不，我是说孩子。"

"问题在于怎么理解'痛苦'这个词。这孩子视觉、听觉、嗅觉等等都还没有吧，甚至连痛觉也没有。用院长的话说，你想想看，就像一棵植物。你认为植物有痛苦吗？"

鸟默然思索着。我认为植物有痛苦么？我想过被山羊啃咬的卷心菜的痛苦么？

"怎么样，你觉得植物般的婴儿会痛苦吗？"医生从容而严肃地重复追问。

鸟坦率地摇头，表示这问题已经超出了他现在昏热的头脑所具有的判断能力，尽管他本来不是那种和人一见面就低头服输的人。

"输氧好像有些问题。"救护员回头报告说。医生赶快站起来去察看输氧管。

就在这一瞬间，鸟第一次看到了自己的孩子，是一个很丑陋的婴儿，赤红的小脸上布满了皱纹和脂肪粒。眼睛像贝壳缝似的紧紧闭着，鼻孔里插着橡胶管，张开的嘴里露出了闪着珍珠光泽的桃红色的口腔，无声地呼喊着。鸟不禁抬起屁股，探过头去，看到了孩子包着绷带的脑袋。绷带后面，埋在一大堆沾满血污的脱脂棉里的，很明显，是一个异形的存在。

鸟急忙扭头坐下，额头紧贴着车窗玻璃望着飞速退去的街道。被警笛惊吓的路上行人，和鸟刚才看到的那群孕妇一样，怀着好奇和莫名其妙的期待注视着急救车。对他们来说，这场景像是突然定格的电影画面上不自然的动作停止。这一刻，他们看到了平淡的日常生活中出现的细微裂纹，他们也表现出了天真的虔诚。我的儿子，像在战场上负伤的阿波利奈尔 * 一样，头上缠着绷带。鸟想，在我一无所知的黑暗而孤独的战场上，我

———————————

* 纪尧姆·阿波利奈尔（Guillaume Apollinaire，1880—1918）：法国诗人。第一次世界大战爆发后志愿参军，后在前线受重伤。

的儿子负了伤，他像阿波利奈尔一样，头缠绷带，发出了无声的呼喊……

鸟突然流下了眼泪。阿波利奈尔头缠绷带的形象，使鸟的感情一下子变得单纯，并且有了明确的方向。鸟不仅原谅了自己的感伤，为之找到了充分的理由，甚至还在自己的泪水里品尝到了一丝甘甜。我的儿子像阿波利奈尔一样头缠绷带，他在我完全不熟悉的黑暗战场上孤独地负伤。我只能像埋葬战死者那样埋葬我的儿子。鸟热泪不止。

3

　　鸟一屁股坐在特殊婴儿护理室前的台阶上，脏兮兮的两手抱住膝盖，刚刚痛哭过的他开始和固执袭来的睡魔搏斗，假眼医生带着一副失落的神情从护理室走了出来，用和刚才在急救车里截然不同的语气，很担心地对站起身来的鸟说：

　　"这个医院真官僚，连护士都不理你的茬儿。我特意带了院长的名片来找这里一位和院长沾亲的教授，可她们连这位教授是谁都不清楚！"

　　鸟明白了医生为什么突然间变得如此形容憔悴了。在这里，他也受到了婴儿似的待遇，假眼青年开始怀疑起自己的权威。

"孩子呢？"鸟的声音不由自主地温和起来，像是在安慰医生似的问道。

"孩子？啊，脑外科的教授来会诊后，病情马上就会清楚了。当然，得要这孩子能挺到那时候。万一挺不住，解剖以后会调查得更清楚。可能支撑不到明天了吧？明天下午三点左右，你来这里看看怎么样？不过话说在前头，这家医院很官僚，甚至连护士也一样！"

随后，医生似乎下定决心不再接受鸟的任何提问，连那只健康的眼睛也和假眼一样毫无表情地悬浮起来，开始快步疾走。鸟便像个浣衣女，把已经空了的婴儿睡篮夹在腋下，紧跟在后面。他们走到连接着住院楼和医院本部的长廊时，正抽着烟等在这里的救护车司机和负责输氧的救护员也加入了他们的行列。假眼医生在前，救护员和提着婴儿睡篮的鸟在后，一行人沿着长廊向本部走去。

两个救护员似乎很快感觉到假眼医生的情绪没有刚才在救护车上那么好。这两个人，平日里常常煞有介事地鸣响警笛，无视约束善良市民的交通规则，像奔驰在大草原上的越野吉普一样，在大都市的中心穿行。但现在，支撑他们的那斯多葛派＊信徒式的刻板僵硬制服的威严已经失去，神采也减弱好多。鸟从背后望着已经谢了顶的救护员毛发稀疏的后脑勺，发现这两人其实很像双胞胎：他们都不年轻，中等身材，不胖不瘦，都是秃顶。

"如果工作刚开始时病人需要氧气瓶，那么这一天一直到深夜就都得和氧气瓶打交道了。"负责输氧的救护员大声说。

"你呀，总是这么说。"司机救护员也同样大声回应。

假眼医生根本不理会他们的信口闲谈，鸟也没有受到任何感动，但他明白这两个救护员想要努力摆脱现在的沮丧情绪。鸟冲管氧气瓶的那位点点头，救护员以为鸟要问什么，非常紧张地"啊"了一声，等待鸟的下文。

＊ 斯多葛学派（the Stoics）：公元前 300 年左右，由芝诺（Zeno）在雅典创立的学派，相信世界由"神明的律法"主宰。

鸟颇有些狼狈，说："这急救车，回程的时候，也可以不管交通信号，响着警笛走吗？"

"急救车回程的时候？"两个救护员像合唱的搭档似的齐声问道，随后同时闭口不语，互相看着对方像喝醉了酒一样涨得通红的脸，扑哧一声笑了起来。

鸟对自己愚蠢的提问和救护员们的反应感到非常恼火。而这火气和压抑在他心里巨大而阴郁的愤怒之间，有一个细细的导管连通着。天亮以来，他心里无处释放的怒气越积越多，压力也越来越大。两个救护员似乎对刚才不慎取笑了这位不幸的年轻父亲而感到非常后悔，可怜兮兮地耷拉着脑袋，鸟喷发怒火的阀门也就关闭了。其实鸟觉得该责备的不是救护员，而是他自己。最先提出那个扫兴、滑稽问题的不正是我自己吗？而那问题，不正是在自己悲伤和睡眠不足的时候，从变得迟钝的脑袋里趁机冒出来的吗？鸟看了一眼身旁的婴儿睡篮，给他的印象就像是一个没有必要挖掘的空虚的坑穴。一条叠成几层的毛毯和一束纱布裹着的脱脂棉丢在篮底，上面还有一束纱布。纱布和脱脂棉上沾着的血迹还没有褪色，但鸟已经想不起那头缠绷带、鼻孔插着橡皮管、微弱地吸着氧气的婴儿是什么样子，甚至连孩子头部异样的形状，红红的皮肤上粘着的脂膜，都不能清晰地回想起来。现在，孩子正开足马力离鸟远去。鸟的心里，负疚的安心与无尽的恐怖交织在一起。我很快就会忘掉这孩子吧？他从无边的黑暗里露出头来，经过十个月的胚胎，来到人世间承受一段难以忍受的痛苦，然后再一次无可复返地回到黑暗中去。也许我很快就会忘了这样一个存在，也许在我临死的时候，我会重新想起这一切。如果那时候死的痛苦和恐怖会成倍增加，那么我多少也算尽了一点做父亲的义务。

一行人走到医院本部的正门。两个救护员向停车场跑去。他们的职业就是和紧急事件打交道，急匆匆地跑来跑去，才是日常的生活状态。救护员们摆着手臂，一溜烟地穿过阳光灿烂的宽阔广场。这工夫里，假眼医生借公用电话向他的院长做了汇报。医生很简短地说明了情况，因为没有什么新内容需要多说。随后，鸟的岳母的声音出现在电话里。医生转过身对鸟说：

"你岳母。关于孩子的处置情况，已经对她说过了，你来接吗？"

不，鸟不想接。从昨天晚上起，屡次三番的电话联系，话筒里传来的岳母的声音，已经纠缠得鸟心神不宁。岳母的声音很像妻子，但其实更像无依无靠的小蚊子的哀鸣。鸟终于把婴儿的睡篮放在水泥台上，一脸忧伤地接过话筒，说：

"明天下午还要再上这儿来一趟，听脑外科专家的诊断结果。"

"为了什么呢？到底是为了什么呢？"岳母的声音，恰恰是鸟最不想听的那种，似乎是在直接责问鸟。

"如果说为了什么，那是因为孩子现在还活着吧。"鸟说完，怀着厌恶的预感等待着岳母接下来的话。但岳母一直沉默着，只听见她痛苦而短促的呼吸声。"我马上回去，见面再细说吧。"鸟说完，便要放下电话。

"啊，你不要回到这儿来！"岳母连声咳嗽着制止道，"我对女儿说，你送孩子去心脏病专科医院了，你要是赶回来，她不要起疑心吗？再过几天，等她多少平静下来后你再回来，就说孩子是因为心脏病死了，这最顺理成章了。你只要用电话联系就可以了！"

鸟同意了。他说准备去向岳父说明一下情况，但对方咔嚓一声挂断了电话，看来岳母也一直强捺着厌恶的情绪忍耐着鸟的声音。鸟放下话筒，拎起了婴儿睡篮。急救车从停车场开了过来，假眼医生已经坐了上去，鸟把婴儿睡篮放到帆布担架上，向医生和两个救护员致谢说：

"多谢你们帮忙，我自己回去。"

"自己回去？"医生问。

"嗯。"鸟答道。其实他是想说：我一个人出去。鸟得去岳父那儿报告妻子分娩的情况，但那以后就完全是鸟的自由时间。鸟觉得，比起回到岳母和妻子那儿去，看望岳父简直可以说是一次自我拯救的机会。

假眼医生从车厢里面关上了门，救护车像一个失了声音有气无力的怪物，按照规定的时速默默地开走了。鸟透过车窗，看到医生和管氧气瓶的救护员正跟跟跄跄地走近担任驾驶的救护员。一小时以前，他曾从那窗口流着泪水望着马路上来往的行人。但鸟并不在乎车里的三个人将会怎样议论自己和自己的孩子。和岳母通完电话后突然出现的闲暇，是只属于他个人的自由时间，想到这，鸟的头脑重新注入了新鲜而强劲的血液。鸟尾随着急救车穿过医院前足球场般宽阔的广场，走到广场中央，鸟转过身抬头仰望那座楼房，自己刚刚把第一个儿子——一个濒死的婴儿丢在里面。那是一座雄伟如城堡的庞大建筑。初夏的阳光闪耀，不知在楼房的哪个角落，张开珍珠般光泽的小嘴发出细微哭喊的婴儿，在这座庞大的建筑里，让人感觉就像一颗沙粒那样渺小。鸟想，即使明天我重返此地，或许也只能在这座近代堡垒似的迷宫里彷徨无路，而无法和已经不在人间，或濒临死亡的孩子重逢了。这样的念头把鸟从刚才陷入的不幸里拉出了一步。他大步穿过医院的大门，走到柏油马路上。

鸟向前走着。初夏的上午清爽而凉快，让他忆起小学远足旅行时的微风，轻拂在他因睡眠不足而发烫的脸颊和耳垂上，感觉像是有微微颤动的快感小虫在爬。他的肌肤感觉和神经细胞脱离意识的控制越远，就越能体味到这季节的美好和生机勃勃的解放感。而这感觉，又渐次扩散到意识的表层。

鸟想，去见岳父之前应该刮刮胡子、洗洗脸。他看到一家理发店的招牌，便径直走了进去。略上了年纪的理发师像对待一般顾客一样，让鸟坐在椅子上。他没有在鸟的身上看到不幸的迹象。现在，鸟成了理发师这位他人眼里的"自己"，因而能把自己从悲伤与不安中解放出来。他闭上眼睛。散发着浓重消毒液味道的热毛巾捂住了他的脸颊和下颏。孩提时代，鸟曾听过一个以理发店为话题的相声，讲一个小伙计给顾客送热毛巾时，因为毛巾太热，拿在手上受不了，就赶紧捂到了顾客脸上。打那以来，每当热毛巾贴到脸上，鸟就会发笑。此时此刻，鸟感觉自己又笑了起来，但这次未免太过分了。鸟战栗着驱走了自己脸上的微笑，又开始思考起孩子的不幸。他从刚才微笑的自己身上发现了罪证。

婴儿将像植物般死去，鸟从这个最尖锐地刺痛自己的角度分析婴儿的不幸。即使这个婴儿如植物一般死去时没有痛苦相随，那么，他的死究竟意味着什么？或者说，他的生又意味着什么呢？在横亘数亿年的虚空的旷野上，一粒生命的种子发了芽，经受了十个月的孕育过程。当然，胎儿本身可能什么意识也没有，他蜷曲在温暖、湿润、柔和、黑暗的世界里，然后冒险来到外面的世界。这里又冷又硬，干燥而光亮刺眼。这个世界不像他一个人的安身之地那样狭小，他和无数的陌生人一起生活。然而，对于植物般的婴儿来说，置身外部世界，可能不过是几个小时莫名其妙的微痛罢了。然后便在一瞬间停止呼吸，再一次成为横亘数亿年的"无"的旷野上一粒"无"的细砂。如果真有所谓末日的审判，那出生不久就猝然而死的植物婴儿，能作为怎样的死者被传讯、检诉和判决呢？他张开珍珠般光泽的口腔，蠕动着舌头，哭泣着在世间停留了几个小时，无论对怎样的审判官来说，都不足以成为审判的证据吧？完全是证据不足。想到这里，鸟被越来越强大的恐怖压得喘不过气来。在那个场合，如果我作为证人被传讯的话，恐怕连自己孩子的面孔都认不出来，要是没有头上的瘤作为线索的话。鸟突然感到上嘴唇一阵尖锐的痛楚。

"别动，看，给刮破了吧。"理发师把剃刀停在鸟的鼻子上，使劲瞪了他一眼，厉声低语道。

鸟用指头往嘴唇上面抹了一下，伸到眼前看。一丝血迹沾染了他的指尖。鸟凝视着指尖上的血污，胃里感觉有些恶心。他和妻子的血型都是 A 型，在濒死的可怜的婴儿体内流动的那一升血液，应该也是 A 型吧。鸟把沾着血污的手指收到白罩衣下面，克制住胃里的反应，闭上了眼睛。理发师慢吞吞地刮完了伤口周围的胡须，然后像是要挽回耽误了的时间似的，三下两下就把脸和下巴上的胡子刮掉了。

"洗洗头吗？"

"不，这样就可以了。"

"头发里面可落了不少泥土和垃圾呀。"理发师不好意思地说。

"昨晚滑倒了。"鸟说着，从椅子上下来，在镜子里看到自己刮过的脸宛如正午的海滨那样阳光灿烂。头发确实乱蓬蓬的像团枯草，尖尖的脸颊和下颏却是红鳟鱼肚子般清新的粉红色。眼睛里生出炯炯的光，僵硬的眼睑变得柔软而有弹性，甚至一向痉挛的薄嘴唇也不抖动了，和昨晚在书店橱窗里看到的自己相比，这是一个年轻而充满活力的鸟。鸟想，在去见岳父之前先来理发店还是来对了，心里感到一种深深的满足。不管怎么说，鸟自黎明以来一直向负面倾斜的心理天平，现在终于可以加上一点正面砝码了。他检查了一下鼻子右下方三角痣一样的血斑走出了理发店。到岳父的大学之前，理发店的剃刀和热毛巾所造就的鲜润光泽可能就会消失，而鼻子下面的血痣也可以用指甲抠掉，自己不会在岳父的眼里显出凄惨滑稽的丧家犬模样。鸟大步在这一带寻找公共汽车站，转着转着，想起昨晚以来口袋里一直备有零钱，便向刚巧朝这边开来的出租车举起了手。

　　大学正门前出来午休的学生熙熙攘攘，鸟下出租车的时候刚好十二点过五分。他走进校园，喊住一个大个子学生，问英文系的研究室在哪儿。那学生脸上浮出亲切的微笑，像唱歌似的叫起来：

"啊，老师，好久不见啦！"鸟怔了一下。"在预备学校，多蒙您关照。国立大学都没考上，老爸给这儿捐了钱，开了个后门。老师！"

"啊，你已经成了这里的学生啦？"鸟想起了这个像格林童话里画的德意志农民，眼睛和鼻子都圆鼓鼓的但模样并不难看的学生，放下心来，说，"那么，预备学校不是白上了吗？"

"不，老师，学习怎么会没用呢。就算什么也没记住，那也是学习呀！"

鸟感觉受到了嘲弄，目光严峻地回头盯住那学生，但这个大块头似乎从上到下都在向鸟表示好意。鸟清晰地想起来，在定员一百学生的班级里，这小子蠢笨得出名。正因为是这样的学生，现在才能如此开门见山地向鸟报告自己走后门进了二流私立大学，并感谢毫无作用的预备学校。如果是另外的九十九个人，肯定都会避开预备学校教师的。

"你这么说，我很高兴。预备学校的学费很贵的。"鸟说。

"不，不。老师，你是来我们大学工作吗？"

鸟摇摇头。

"啊。"大块头学生机敏地把话题扯开，"我给你带路，一起去研究室吧。请这边走。预备学校的学习真的没有白费，作为一种养分贮存在了脑子里，说不定什么时候就起作用。我只要耐心等着就行了。所谓学习，说到底不就是这样的么，老师？"

鸟被这个带有启蒙主义味道的乐天派旧日学生领着，穿过树木掩映的校园小路，来到一座深赭色的砖瓦建筑前。

"英文系研究室在三楼最里边。老师，虽说是这样的大学，能进来还是挺高兴的，所以我把学校里里外外彻底勘查了一番。现在我对校园里所有的建筑物都了如指掌。"大块头学生自我炫耀道。然而转眼间，他的脸上闪过一丝老成的自嘲式微笑，让鸟简直不敢相信自己的眼睛，"我说的是不是很幼稚？"

"不，不，我觉得并不那么幼稚呀。"鸟说。

"您这样说，我很高兴，老师。那好，祝您健康，您看上去脸色不太好呀！"

鸟一边走上楼梯，一边琢磨着刚刚分手的旧日学生。这学生的生活能力，可能要比我强千百倍吧，至少他不会让婴儿因脑疝而死。不管怎么说，我居然还教过这么一个奇怪的道德主义者。

鸟透过英文系研究室的门缝寻找岳父的身影。在房间内露台似的一角，岳父的身子深深地埋在美国总统座椅似的橡木转椅里，望着半开的天窗。和鸟母校的教授研究室相比，这里的房间既宽敞又明亮，像会议室一样。鸟现在知道，岳父以前说，退休后进到这所私立大学得到了国立大学无法相比的绝好待遇（这是岳父众多带有某种自嘲式的得意笑话之一），包括橡木转椅等设备在内，确实不单是笑话。但是，如果日照再强一点，可能就需要把摇椅向后移，或者挂上窗帘。靠房门这边，摆着一张大桌子，三个年轻的副教授围着桌子在喝咖啡。他们似乎刚刚吃完饭，额头上油光闪亮。鸟和这三个人都见过面，他们都是鸟前几届校友中的佼佼者。如果鸟没有那连续几周的烂醉，如果他不是中途掉队而是继续留在研究生院读书，那他现在一定步入他们的职业生活了。

鸟郑重地敲了敲开着的门，走进研究室，和三个学长点头打了声招呼。橡木转椅上的岳父保持着身体平衡，向后仰着头看着鸟，鸟向他走去。三位校友以不包含什么特殊含义的微笑目光注视着鸟。对他们来说，鸟是个非同寻常的存在，同时又是个不屑于注意的局外人，一个一连几周毫无理由地滥饮不止最后不得不中断研究生学业的古怪家伙。

看到鸟走到近前，岳父欠起身，伴随转椅转轴发出的略略声转向了他。鸟还是按照和教授女儿结婚前当学生时的习惯，叫道："老师。"

"孩子出生了吗？"教授指了指长扶手转椅，问道。

"嗯，生了，生是生了。"鸟感到自己的声音羞怯惶恐而且很难听。他立刻闭紧了嘴。俄而，鸟强制自己一口气把该说的话说完："婴儿得了先天性脑疝，医生说，可能过不了明后天。母亲平安无事。"

教授的橡木转椅后背倚着墙，不能完全转过来，因此教授是斜对着鸟。他那被一头风度翩翩的白发掩映着的狮子般的米黄色脸庞，现在眼看着便染上了红色。皮肤松弛眼袋下垂的下眼睑，像沁出了血似的一片鲜红。鸟感到自己的脸也涌上了红潮，并且再一次意识到，从今天凌晨以来，他其实一直孤立无援。

"脑疝，你看见孩子了吗？"教授的声音嘶哑而尖细，在这声音的回响里，鸟听出了潜藏在自己妻子声音里的某些遗传迹象。不用说，这让鸟感到很亲切。

"看见了。孩子头缠绷带，像阿波利奈尔一样。"鸟说。

"像阿波利奈尔，头缠绷带。"教授像听笑话似的回味着鸟的话，然后，对着鸟，其实主要是对那三个副教授说，"唉，是生出来好呢，还是没生出来好，现在就是这样说不清楚的时代。"

鸟听到了那三位前届校友努力控制但最后还是迸发出来的笑声，回过头去看他们。他们也在望着鸟。在他们的眼里，是对鸟这种古怪之人出现这样异常之事毫不感到意外的平静，这引发了鸟强烈的逆反情绪。鸟低头看着自己粘着泥巴的鞋，说："等一切都结束了以后，我再给您打电话。"

教授沉默不语，稍稍摇动了一下橡木转椅。鸟想，教授可能开始觉得每天满足于橡木转椅上的生活有些无聊了吧。鸟也无聊地沉默着。他觉得该说的话已经和岳父全部说完了。只是不知道在对妻子说明情况时，自己能不能也像现在这样单纯明快？不，那是绝对不可能的。眼泪，数百次的讯问，无能为力的饶舌，咽喉疼痛，脑袋火烧火燎，最后夫妇俩一起成为神经病症的俘虏。

"医院还有一些手续要办，我这就告辞了。"终于还是鸟说。

"那你辛苦了。"教授说，坐在橡木转椅里身子欠也没欠。鸟侥幸没被留下，赶紧站起来。教授又对鸟说：

"那个小柜子里有瓶威士忌，你拿去吧。"

鸟紧张起来，并且，他感到那三位校友也紧张起来，很认真地注视着事态的发展。教授自不必说，三位校友都清楚鸟沉醉数周的往事。鸟犹豫着，突然想起预备学校教科书里的一句话，那是一个愤怒的美国青年的台词：

Are you kidding me, kidding me?

你耍我吗？你想找碴儿打架吗？

但鸟弯腰打开了教授书桌边柜子的门，找到一瓶
JOHNNIE WALKER*牌的威士忌，立刻双手拎了出
来。鸟的眼睛都红了，不知为什么，他心里涌起了一阵
变形的欣喜。这是对我的考验，但我不会畏缩不前的。

"谢谢了。"鸟说。

一直注视着鸟的三名副教授的紧张神情松弛了下
来，教授仍然涨红着脸，神情严肃，缓慢地把转椅转回
到原来的方向。鸟向三位校友飞快地一瞥，点了点头，
便走出了屋门。

鸟像握手榴弹似的慎重地握着酒瓶，回到铺着石子
的校园。从现在起，可以一个人自由行动的时间，又和
一瓶 JOHNNIE WALKER 威士忌连在一起了，鸟的
头脑里涨满了危险的陶醉感。明天，或者后天，说不定
在一周的缓期之后，那时，知道了婴儿的惨状和死讯的
妻子将会和我一起被关进残酷的神经衰弱的地牢里。因

---

* JOHNNIE WALKER："尊尼获加"，又译"约翰走路"，苏格兰威士忌品牌。

此，今天享受这一瓶威士忌和自由解放的时间，应该是我的正当权利。鸟说服了自己心里水泡般涌起的不安的声音。水泡轻而易举地平息了下去。好，开始喝吧！但是，现在刚刚十二点半。鸟想回到自己家的书房里去喝，但那无疑是最糟糕的方案。一回到家，房东老太太和朋友们要么直接来，要么打电话，会接连不断地盘问婴儿出生的情况。而卧室里那个涂着白色油漆的婴儿床，则会像鲨鱼一样撕咬他的神经。鸟使劲摇了摇头，挥去刚才的想法。那么，躲到一个没有熟人的廉价旅店里去喝吧。但鸟对一个人醉倒在旅店单人房间里感到恐惧。他很羡慕地望着威士忌酒瓶商标上画着的那个穿着红色上衣愉快地大步行走的白人。这家伙到底要上哪儿去呢？鸟突然想到了一位女友。无论冬夏，她总是躺在光线暗淡的卧室里，思考一些极为神秘的事情。房间里总是弥漫着人工的烟雾，她不停地抽烟，每天在黄昏以后出门。

鸟在学校正门前等待出租车，路对面有个咖啡馆，宽阔的玻璃门里，他那位旧日学生正和一群朋友坐在那儿。他立刻认出了鸟，像一只亲昵可人的小狗，热情而笨拙地向鸟致意。他的那些朋友也都望着鸟，显示出一种暧昧的好奇。那家伙会怎么对他们谈论我呢？沉醉了数周后中断研究生学业，当了预备学校老师的家伙？一个陷入了一种莫名其妙的热情和恐怖的家伙？但不管怎样，那学生始终望着他，执拗地送来微笑，直到他钻进出租车。出租车开动以后，鸟感觉自己受到了怜悯。并且，这怜悯竟然来自那个直到离开预备学校都没弄明白现在分词和动名词区别的蠢笨如猫的学生。

　　鸟向出租车司机说明了女友居住的地方。那是一座高大天桥对面被寺庙和墓地围绕起来的高地的一角。她独身一人住在街巷深处的一座民宅里。鸟是在刚上大学的那年五月，在班级联欢会上认识她的。她在自我介绍的时候，给同学出了个题，希望有人能猜到她的名字"火见子"的出典。鸟准确地回答说，这是从《风土记》*逸文"肥后国"取来的名字。"天皇敕棹人曰：行

<hr />

* 《风土记》：日本女帝元明天皇时期（713 年）下令编写的地理文化志书，编撰过程历时二十年以上。

前见火，直往勿回顾。"那以后，鸟和这位来自九州的女学生火见子成了朋友。

鸟的母校里为数不多的女学生，尤其是文学部里外地出身的女学生，就鸟所知，临近毕业的时候，都变得稀奇古怪。她们细胞里的一部分因素渐渐过分发达以致扭曲，因此，她们的动作变得迟缓，表情变得迟钝而忧郁。结果，到毕业以后，都极不能适应日常生活。她们有的结了婚，但很快就离了婚；有的就了职，但很快又被解雇了；也有的人无所事事到处旅行，却偏偏碰上滑稽而凄惨的交通事故。这究竟是什么原因呢？一般的女子大学，毕业生都能精神抖擞地适应新的生活环境，成为社会栋梁，唯独鸟的大学里的女学生们是另一番模样。火见子在临近毕业时，和一位研究生结了婚，她倒是没离婚，但实际比离婚更糟，结婚一年，她的丈夫自杀了。公公让她仍旧住在原来的房子里，还每个月支付给她生活费，并希望她再婚。可是她呢，白日沉湎在神秘的冥想里，到了晚上，就驾上小型跑车满街乱逛。鸟听到有人公开说火见子是属于超常规型的性冒险家。甚至还有人说，她丈夫的自杀也与此有关。鸟曾和火见子睡过一次，但那时两人都酩酊大醉，甚至连当时是否真的进行了性交也不清楚，后来也不曾重复过类似行为。这是在火见子不幸的婚姻之前，那时候的火见子，虽然欲望强烈，主动追求享乐，但还只是一个没有经验的女学生。

鸟在火见子住处的巷口下了出租车。他快速地计算了一下钱包里剩下的钱。明天下课以后最好提前预支本月的工资，这样比较保险。鸟用手掌盖住从上衣口袋露出的威士忌酒瓶，快步走进巷里。火见子的古怪生活，在这一带尽人皆知，来探望火见子的客人成为各家窗口的观赏对象，是无可怀疑的。

鸟按了一下门铃，没有反应。他摇晃了两三下门，小声喊道："火见子，火见子！"但这不过是礼节性的手续。鸟接着便绕到房子背后，看到火见子的卧室窗下，停着一辆半旧又略有些脏的箱型 MG 跑车。纯红色的 MG 里空荡荡的座席露在外面，好像被弃置在那里很久了，但它是火见子现在在家的表示。鸟把沾满了污泥的鞋子伸到坑坑洼洼的跑车保险杠上，然后试着把全身体重都压在上面，跑车摇摇晃晃像只颠簸的小船。鸟仰望垂着窗帘的卧室窗口，又开始呼唤。窗帘的边角从屋内被捏起来，在那儿形成的狭长窥视孔里有一只眼睛正在居高临下地看着鸟。鸟停止摇晃 MG 跑车，微微笑了。在这位女友面前，鸟的举止始终可以自由而自然，没有拘束，无须做作。

"啊，鸟……"那声音被窗帘和玻璃遮住，听起来像是一声傻傻的、柔弱的叹息。

鸟意识到自己为能够在大白天里喝这瓶 JOHNNIE WALKER 找到了最佳场所。怀着在今天的心理收支对照表上又写上了一个正数的心情，鸟重新回到大门口。

4

"是在睡觉吧？"鸟问给他开门的火见子。

"睡觉？这时候？"女友嘲笑似的轻声说。

从鸟的背后跟随进来的正午阳光，粗野地袭上火见子因举起手掌想挡住光线而歪了一下的脖颈，和从她那绛色的厚棉布便服露出来的与其年龄极为相称的浑圆肩膀。火见子的祖父是一个九州渔民，和一个从海参崴半哄半骗领回来的俄罗斯姑娘结了婚，火见子的皮肤便由此而白皙得连毛细血管都清晰可见。她的言行，也总让人感觉像是不适应这片土地的外国人那样举措失当。火见子害怕涌入房间的阳光，像母鸡一样慌慌张张地退到半开半掩的门后。现在的她已经失去了年轻少女天真无邪的美，而又没有到达丰满充实的阶段，正处于最为乏味的状态。火见子也许属于那种要度过特别漫长的不稳定期的类型。鸟为了护卫处于这种状态的女友，赶紧钻到门口狭窄的换鞋的地方，随手把门关上。接下来的瞬间，鸟成了半盲，换鞋处狭窄的空间简直像是运送动物的密封笼子。脱鞋的当儿，鸟为了适应昏暗使劲地眨巴了几下眼睛，而他的女友则一直站在昏暗的深处沉默地看着他。

"我可不想硬把睡觉的人吵醒呀。"鸟说。

"你今天怎么这么老实呢？不过，我可没睡觉。白天要是睡了，晚上就绝对睡不着了。我刚才是在思考多元宇宙的问题呢。"

多元宇宙？太好了！我们就一边讨论这个问题，一边喝威士忌吧，鸟想。鸟的瞳孔广角已经渐渐能加速度调整，他一边像猎犬似的嗅着鼻子巡视四周，一边随女友走进了客厅。这里光线黯淡宛如薄暮时分，很像生了病的家畜躺卧的草窠，散发着温热、潮湿、浑浊的气味。鸟眼睛盯住以前造访这里时曾经坐过的一把陈旧却很结实的藤椅，把上面的一些杂志挪开，颇为小心地坐了上去。在火见子冲澡、穿衣服再加上化妆这段时间里，别说拉开窗帘，也许室内的灯都不会开。客人必须在黑暗里耐心等待。一年以前，鸟造访这里时，黑暗中踩碎了滚落在地板上的玻璃器皿，割破了大脚趾。想起当时的疼痛和狼狈，鸟不寒而栗。

火见子的房间里，无论是地板、桌子，还是靠窗摆着的矮书架上，甚至连录音机、电视机上都堆放着书和杂志、空盒子、瓶子、贝壳、小刀、剪子、昆虫标本，还有在冬天的灌木林里采集来的枯花、旧信封、新寄来的信，杂乱无章，泛滥成灾。鸟犹豫着，不知该把酒瓶放在哪儿。一会儿，他用脚哗啦哗啦拨出一个空儿，把酒瓶夹在自己的两脚之间。

"还是老毛病，还没养成整理房间的习惯呢。鸟，你以前来的时候，也是这样吧？"火见子注视着鸟的动作，寒暄似的说。

"当然是这样。我的脚指头都割破了。"

"是啊，那时血糊糊的红了一片呢。"火见子颇为眷念地回忆说，"好久没见了。我嘛，一切还是老样子，你怎么样，鸟？"

"我这边出了一个意外的事故。"

"事故？"

鸟踌躇不语，他并没有想到会立刻述说起自己的不幸来。为了尽可能用简短的话把情况说明白，他把事情的过程简化了：

"孩子生出来了，但出生不久就死了。"

"鸟也遇到了这样的事？我的朋友也遇到了同样的事哟。并且不止一个朋友，而是两个。现在加上鸟，三个了呀。是不是受到了被核物质污染的雨的影响？"

鸟试图把自己那个像长了两个头似的孩子和曾经见过的因放射能致残的儿童照片做一个比较。但是，对于鸟来说，孩子的异常病症，不要说和别人一起议论，就是自己重新思考一下，也会有一种极为羞耻的感情热辣辣地涌到喉头。这是鸟个人特有的不幸。他觉得，这并不是地球上所有人共同拥有的、与全体人类相关的问题。

“但我的孩子，好像只是个意外事故。”鸟说。

“一段痛苦的经历呀，鸟。”女友说，她的眼睑里似乎一团漆黑，用无法看清其表情的目光平静地看着鸟。

鸟不想探究那眼睛里的含义，他从自己两脚中间取出威士忌，说：

“我想，来到你这儿，即使是在大白天，也可以喝威士忌的。怎么样，一起喝吧！”

鸟感到，自己对女友就像一个撒娇放肆的年轻情夫。火见子的男友们大抵如此。那个和她结婚的男人，和鸟这些男友相比，更是像弟弟一样依赖她，然而一天早上，他突然自缢身亡了。

“孩子的不幸事件刚刚发生，你还没有恢复过来呢，我不向你问这事。”

“啊，那太感谢了。你就是问，我也没什么可说的。”

“不管怎么说，我们还是开喝吧？”

“好！”

“我去洗个澡，你把杯子和水壶拿来，自己先喝吧，鸟。”

火见子走向浴室的身影消失之后，鸟站了起来，穿过那间卧铺车厢般狭窄的卧室，厨房和浴室就并列在尽头。厨房和浴室把这座小房子尾部歪斜的空间分割开了。火见子脱下来的便服和内衣堆在那里像只蹲着的猫似的，鸟跳过那只猫，走进厨房。

　　把水壶灌满，往衣袋里分别塞了两只玻璃酒杯和两只茶杯。返回来的时候，鸟无意间从拉门缝隙窥视到在昏暗的浴室角落里冲澡的女友的背、臀和腿。火见子左手高高举着，像要挡住从头上倾泻下来的黑色水滴，右手撑在腹部上，偏着头隔着右肩俯视自己的臀和稍稍弯曲的右面的小腿。鸟寒毛竖立，涌起一股无法抑制的厌恶感。他战战兢兢地穿过卧室，像从隐伏着幽灵的黑暗中逃离了出来似的，惊魂未定地重新回到那把旧藤椅上。曾几何时，已经被克服了的那种对裸体近乎恐惧的幼稚的厌恶感，又在鸟的身上复苏了。他感到，即使面对刚刚分娩、正躺在医院的病床上想着那个"因为先天性心脏病而被爸爸带到别的医院去了"的婴儿的妻子，自己的厌恶感也会像章鱼的触手一般伸展开来。这种感觉还将持续下去，并且变得愈发强烈么？鸟用指甲剥去酒瓶盖上的封印，起开软塞，把威士忌倒进自己的玻璃杯。他的手腕不停地颤抖，玻璃杯就像被发怒的老鼠啃了似的发出刺耳的声响。鸟像是一个挑剔、固执的老人，皱着眉头把威士忌倒进喉咙，火烧火燎的喉咙。鸟咳嗽得眼泪都沁了出来，但灼热的快感立刻贯通了鸟的胃，使他从浑身哆嗦的状态中恢复了过来。鸟孩子气地打了个嗝，带有一种野草莓的味道。然后用手背擦了擦被酒濡湿的嘴唇，停止了颤抖的手重新往杯里倒满了酒。我逃避酒精已经有几千个小时了啊，鸟想，好像对谁怀恨在心似的，山雀啄谷般忙不迭地把第二杯威士忌倒进了喉咙。这回喉咙不再疼了，也没有了咳嗽和眼泪。鸟举起酒瓶，凝视瓶上的商标，发出不无陶醉的叹息，又喝干了第三杯。

火见子返回客厅时，鸟已经醉意蒙眬。他那能从火见子的肉体中敏锐地感受到厌恶的身体机能，正在被酒精麻痹。并且，火见子新穿上的黑色针织连衣裙毛绒绒的，使她看上去像漫画里一只憨态可掬的熊，这也起到了把遮盖在衣服里的肉体印象变得浅淡的作用。火见子梳理了一下头发，打开室内的灯。鸟把桌子稍微收拾了一下，放好给火见子准备的玻璃酒杯和茶杯，往里倒进威士忌和水。火见子细心地用裙子包紧刚洗过的皮肤，坐到一把雕镂的大木椅上。对鸟来说，这是值得感谢的事。他的厌恶感虽然有所克服，但还没有完全消除。

"来，先干一杯！"鸟说着，把自己杯中的酒一饮而尽。

"好，喝！"火见子也附和道。她就像一只大猩猩品尝味道似的噘起下唇，轻轻地啜了一小口。

鸟和女友静静地吐出温热的气息，酒精的气味在房间里弥漫开来。他们第一次互相凝视起对方的眼睛。刚刚出浴的火见子焕然一新，和刚才立在门口阳光里的她，简直会让人错认为是母亲和女儿的区别。鸟深感欣慰，原来在她这个年龄也有如此青春复苏的时刻。

"刚才洗澡时想起来的，你记得这样一句诗么？"火见子说着，像诵读咒文似的，嗫嚅地读出一节英文诗。鸟听完后，恳求火见子再念一遍。

Sooner murder an infant in it's cradle than nurse unacted desires……

"把幼婴扼杀于摇篮，远胜于培育未萌的欲望成长。是这么一节吧。"

"但是，不能把所有的婴儿都扼杀在摇篮里呀！"鸟说，"这是谁的诗？"

"威廉·布莱克*。我的毕业论文不就是写的布莱克么？

"对了，你是写的布莱克。"鸟说着，转动脑袋四处张望，看到在客厅和卧室中间的板壁上挂着布莱克画作的复制品。鸟曾多次看到这幅画，却从没有留神观赏。现在认真观看，才感到这确实是一幅奇妙的画。画面呈现出石版的效果，但实际上毫无疑问是水彩画。原画可能是有色彩的，然而现在嵌在厚木框里装饰在那儿的则是一片淡墨色。一个被中东风格的建筑群围住的广场。远景浮现出一对程式化的金字塔，可能是埃及吧。不知

---

* 威廉·布莱克（William Blake，1856－1908）：英国诗人、画家、版画家，在英国文学史和视觉艺术史上有重要地位。

是傍晚还是黎明，微茫的光笼罩着整个画面。广场上躺着年轻死者，像肚子鼓胀的鱼。一位极其悲伤的母亲的四周，则是挑着灯的老人和一些抱着婴儿的女人。而画面上最重要的，是在这些人的头顶上，一个展开双臂跳跃着、似乎要穿过广场的巨大存在。那是一个人吗？那肌肉均匀发达的身体上长着一层鳞。充满了不祥的狂热、悲痛和忧伤的眼睛、下陷的鼻子、深深洼陷下去的嘴，都让人联想到山椒鱼。他是恶魔，还是神？这男子鳞光灼灼，像要朝暗黑的夜空飞去……

"他在干什么呢？他身上的那层东西，大概不是鳞，而是中世纪士兵的连环铠甲吧。"

"我想是鳞，在这幅画的彩色版上，那是绿色的，看上去特别像鳞。他就是想把埃及人的长子都杀死的贝斯特。"

鸟对《圣经》几乎一无所知，他想，这可能出自于《出埃及记》吧。这个长着鳞的男人的眼睛和嘴，怪异到了极端。悲痛、恐惧、惊愕、疲劳、孤独，还有笑，都从那暗黑的眼睛和山椒鱼似的嘴巴里无尽地涌了出来。

"怎么样，他很有魅力吧？"

"你喜欢这个长鳞的男人？"

"喜欢啊。"火见子说，"并且，还特别喜欢想象，如果自己是贝斯特精灵，会怎么样呢。"

"如果你是贝斯特精灵，也会有一副和这个长鳞的男人一样的眼睛和嘴巴。"鸟望着火见子的嘴角说。

"真可怕啊。"

"啊，很可怕。"

"我遭遇到什么可怕的事情时，常常这样想：如果反过来，是我让别人感到了可怕的话，自己一定会感到更可怕。这么想就得到了心理补偿。你呢，你干过把自己遭受到的恐怖感情移植到别人头脑里的事吗？"

"怎么说呢？"鸟说，"必须仔细想一想。"

"也许这并不是想一想就能明白的事情。"

"那么说，也许我还没有做过什么让人感到可怕的事。"

"对，肯定是这样的。你还没有经历过呢。不过，不知什么时候，你会有这样的经历的呢。"火见子很克制地以一个预言者的口吻说。

"如果真的把婴儿扼杀在摇篮里，对彼此来说应该都是一次可怕的经历。"鸟说。

接着鸟又往自己和火见子面前已经空了的酒杯里倒上威士忌，把自己那杯一口喝尽，又满上一杯。火见子没有像他喝得这么急。

"你是在有意控制自己吧？"

"因为要开车，"火见子说，"我带过你吗，鸟？"

"没，还没有。什么时候让你带我去兜兜风。"

"你要是深夜来，我就能带你。白天路上人太多，危险。并且我的运动神经是夜猫子型的，白天不能充分活动起来。"

"所以你白天就闭门静思？真像是哲学家的生活。是一到深夜就开上红色跑车到处转圈的哲学家吧。你现在思考的多元宇宙，究竟是怎么回事？"

鸟怀着淡淡的满足感望着高兴得紧张起来的火见子。他现在要为自己贸然跑到火见子家里来喝威士忌的冒失行为予以补偿，因为能够认真倾听火见子梦想的人，除了鸟以外为数并不多。

"我们现在是在这儿交谈，对吧，鸟。对我们来说，首先有这样一个现实的世界存在。"火见子开始叙说，鸟把刚倒满了威士忌的玻璃酒杯像玩具一样放在手掌上，开始充当起听众的角色来。"可是，我和你，作为两个完全不同的存在，又各自被包含在许多和我们现在这个地方完全不同的别的宇宙里，鸟。在过去的许多时刻里，我们都曾有这样的记忆，自己是生呢还是死，机会五五参半。就说我吧，我小时候，有一次得斑疹伤寒，差一点死了。我非常清楚地记得自己徘徊在生死交叉路口上的那一瞬间。后来，我选择了现在和你同在一个宇宙里的生。可是在那一瞬间，另一个我选择了死。于是，在我那满是红疹的幼小尸体周围，那些对于死去的我几乎没有留下多少回忆的人，他们的宇宙就开始运转起来。是吧，鸟？人站在死和生的交叉路口的时候，就是站在两个宇宙的前面呀。一个是他死去以后的，和他毫无关系的宇宙，另一个是他继续生存下去，继续保持关系的宇宙。随后，就像脱掉一件衣服一样，他放弃了那个只把自己当成死者的宇宙，来到他继续活下去的宇宙。因此，各种各样的宇宙就像从树干上分出的无数枝叶一样，围绕着一个人跳跃飞动。丈夫自杀的时候，我也经历过这样的宇宙细胞分裂。我一方面留在了死去的丈夫的宇宙里，而另一方面呢，在丈夫仍然活着的宇宙里，另一个我仍旧在和他一起生活着呢。一个人早年夭折的死后宇宙，和他仍然活着的宇宙，就以这样的形式环绕着我们的世界而不断地增殖下去。我所说的多元宇宙，就是这个意思呀。我觉得，你对婴儿的死，也不要太悲伤。因为在以婴儿为轴心分开的另一个宇宙，环绕着生存的婴儿的世界正在运动着。在那里，陶醉于幸福的年轻父亲，也就是你，正在和听到喜讯的我举杯祝贺呢。明白了吗，鸟？"

　　鸟一边喝着威士忌，一边平静地微笑。现在，酒精已经深入到他体内的毛细血管末梢，发挥了恰到好处的作用。鸟内心里的浅红色暗影，与外部世界之间的压力，正好达到平衡。尽管鸟很清楚，这样的状态不可能长久持续下去。

"即使你还不能充分理解，大体轮廓总想象得出吧，鸟？在你二十七年的生活中，也一定有过几次站在生死交界处的瞬间吧。在那一瞬间，为了在同一个宇宙里活下去，你的死尸一个个地留在了另一个宇宙里，鸟。你想起这样一些瞬间了吗？"

"想起来了。我确实有好几次差点死掉。你是说，就在那个时候，我把自己的尸体一个个地留在了身后，然后逃到了现在这个宇宙？"

"正是如此啊，鸟。"

"倒也是，的确经历过连自己也不明白怎么就活下来了的极端危险时刻啊。"鸟被来自遥远回忆的呼声诱导着，仿佛即刻就要入睡似的含含糊糊地承认。原来是这样啊，每次生命垂危的时候，另一个我就变成死尸留在了那里。在和现在我生活的地方不同的各种宇宙里，我曾经是个整天提心吊胆的孱弱的小学生，也曾经是个头脑简单但身体比现在还健壮的高中生。有无数个死去的我吗？在现在这个宇宙里的我，无疑不是那样的，但是，究竟哪一个死者，是最理想的"我"呢？

"如果我最终无法逃往另一个宇宙，那么当现在这个宇宙里的我死去的时候，所有宇宙里的'我'也都将死去，可以称之为我的最终的死，究竟有呢，还是没有？"

"如果没有最终的死，你就必须在一个宇宙里无限地生存下去，那就算有好了。"火见子答道，"可能是在九十岁以后，衰老而死吧。所有的人，在他老死于最后一个宇宙之前，都要在各种各样的宇宙里意外地死亡，然后在另一个宇宙里生存下去。如果所有的人都将会老死在最后的宇宙里，那不就很公平了吗，鸟？"

鸟突然醒悟过来，打断火见子道："你现在还在为丈夫的自杀而感到愧疚不安，为了不把死看成是绝对无可挽回的东西，你设计了这样一个心理骗术。难道不是这样么？"

"不管怎么说，留在这个宇宙的我承担了这份痛苦，一直都没有忘记自杀的他。"火见子说。她的眼睛已经开始疲倦，浅黑色的眼圈突然泛起难看的红潮，"至少，我没有回避我在这个宇宙里的责任。"

"我并不想责怪你，但事情就是这样呀，火见子。"鸟再一次微笑着说。他尽量减轻自己言辞的刻毒，同时又很固执地继续说道，"你设想在彼岸宇宙里他仍然活着，这样，在此岸宇宙里的他的死亡这一无法挽回的绝对事实就变为了相对的东西。但是，不管利用什么样的心理骗局，一个人的死这一绝对性的事实也不会自然而然地变成相对性的东西吧？"

"也可能是这样的吧。鸟，能再给我倒杯威士忌吗？"火见子突然对自己的多元宇宙论失去了兴趣，索然地答道。

鸟给火见子，也给自己重新斟满威士忌，他希望火见子能烂醉如泥，完全忘掉自己对她的批评，明天酒醒，仍然继续做她的多元宇宙之梦。鸟像一位乘坐时间飞船寻访万年之前的世界的旅行者，深恐自己的影响会给现实世界招来异变。这种情绪是在他得知自己的孩子头部异常以来日渐形成的。像要离开一场接二连三倒运的扑克牌游戏一样，鸟想暂时离开这个世界一会儿。鸟和火见子都沉默不语，互相致以宽容的微笑，然后像甲虫喝树液一样，非常严肃地喝光了杯里的威士忌。初夏午后街道上传来各种各样的声音，鸟都像听到从极遥远的地方传来的空洞信号那样置若罔闻。他伸腰打了个哈欠，流下一滴像唾液一样毫无意义的眼泪，又啜了一口刚倒进杯里的酒，希望自己能继续顺利地离开这个世界……

"哎，鸟。"

鸟用手指夹住威士忌酒杯，开始跌入香甜的睡梦中，火见子的呼唤让他很不高兴地突然哆嗦了一下肩膀，威士忌洒到了膝盖上，于是鸟睁开了眼睛。他感到自己已经进入了酒醉的第二个阶段。

"啊？"

"你大伯给你的那件鹿皮外套现在哪儿去了？"火见子醉意蒙眬，圆而红的脸像个大西红柿，特别用力地转动舌头，尽量让自己的发音准确。

"是啊，哪儿去了呢？那是我大学一年级的时候穿的呢。"

"一直穿到二年级的冬天呀，鸟。"

"冬天"这个词，在鸟那被酒精麻醉的记忆湖水里，激起了强烈动荡的波纹。

"是呵，和你睡的那次，我把那件外套就那样直接铺在了刚刚下过雨的储材场地面上。第二天早上一看，粘满了泥和碎木屑，一点办法都没有。那时候，洗衣房还不肯收鹿皮外套呢。只好就那么扔到壁橱里。最后是什么时候把它扔掉的呢？"鸟说，像在回忆一件非常遥远的往事，想起了那年隆冬的深夜。

记不得为了什么了，作为大学二年级学生的鸟和火见子在那天晚上一起喝得酩酊大醉。送火见子回寄宿地的鸟，在她寄宿的木材店二层楼下储材场的暗影里一下子抱住了火见子。开始两人只不过是因为冷而相互拥抱着爱抚，不一会儿，鸟的手像是很偶然地碰到了火见子的那儿。于是，鸟兴奋起来，他把火见子按到竖靠在木板墙上的方木上，不顾一切地把自己的性器往里插。火见子也积极配合，但竟不自觉地悄然笑了起来。他们兴奋激昂，但终于未超出游戏的领域。不过，当明白了这样站着是不可能插进去的时候，鸟感到自己被当成了未成熟的孩子，愈发执拗地不肯退却。他把鹿皮外套铺在地面上，把仍然笑嘻嘻的火见子横放到上面。火见子个子高，头和膝盖以下的小腿都直接挨着地，垫不着鹿皮外套。不一会儿，火见子停止了笑声，鸟以为她快达到了高潮。又过了一会儿，他问火见子，想证实自己的想法，但火见子回答说自己只是感觉冷。于是，鸟中止了性交。

"那时候，我是个野蛮的家伙。"鸟像一个百岁老人回顾往事似的说。

"我也同样野蛮呀。"

"为什么我们没有重来一次呢？那以后，我们就没来过第二次。"

"储材场那件事，让人感觉完全是一次偶发的事故，第二天想起来，就觉得不可能有第二次了。"

"是啊，那确实不正常，像犯罪一样，简直像强奸。"鸟羞愧地说。

"那就是强奸呀！"火见子纠正说。

"可是，你真的一点快感也没有吗？离高潮还很远吗？"鸟不无遗憾地问。

"那是不可能的呀，因为那是我第一次性交。"

鸟吃惊地盯着火见子，他知道火见子不是那种撒谎或信口开玩笑的人。鸟心里一片茫然，随后，那近乎于恐怖感和轻微的责问所带来的滑稽感，迫使他发出短促的笑声，这笑声也感染了火见子。

"人生确实很奇怪，充满了令人惊奇的事情啊。"鸟的脸涨得通红，却不只是因为酒醉。

"不要说这些伤心的事了，鸟。那是我第一次性交，如果这件事有什么重大意义的话，那也只和我自己有关，和你是没关系的。"火见子说。

鸟用茶杯代替酒杯，倒上威士忌，一饮而尽。他感到必须准确地回忆一下当时在储材场发生的事。确实，那时，他的生殖器遭到了一个紧闭如尖唇的东西的抵抗，一次又一次地被拒绝。他以为那可能是天气太冷，火见子冻得浑身痉挛的缘故。但第二天清晨，他看到自己的衬衫边上有血污。我那时为什么没想想那是什么呢？鸟这样想着，忽然感到一阵冲动。他像在忍受着痛苦似的咬紧牙关，紧紧握住手里的威士忌酒杯。在肉体深处的中心地带，滋生出了一个混合着剧痛与不安的肿块，那是欲望，名副其实的欲望，那是与缠绕在心肌梗塞病患者肋下的疼痛和不安极为相似的欲望。并且，那欲望又与所谓家庭式的欲望全然不同。家庭式的欲望，和辉映在鸟意识天空里的非洲旅行的梦想截然相反，不过是疲惫而平稳的日常生活中凸起的一个小疙瘩，是每周和妻子性交几次即可消解的平实的欲望，是伴随着猥亵的叫声、沾满悲哀而疲劳的泥水的欲望。而鸟现在涌起的，却是数千次性交都无法消解的欲望。这欲望，完全不像猴子电车环行一圈便失效的车票，这是所有欲望中最激烈的欲望，严格地说是不再重来的欲望，是极其危险的欲望。是在得到满足的瞬间，让人惊恐地感到在沁满汗珠的裸体背后，死亡正悄然降临的危险欲望；是几年前在冬夜的储材场上，如果鸟完全清楚自己是在强奸一个处女的话，可能会得到满足的那种欲望。

鸟用力瞪起那被威士忌烧得阵阵作响的眼珠，像鼬鼠一样灵活敏捷地偷看了火见子一眼。他脑袋充血，涨得像气球，香烟的烟雾宛如找不到出口的沙丁鱼群，在房间里游来游去，而火见子就像飘浮在雾里。她现在已经醉得昏昏沉沉，脸上浮现出单纯得可疑的微笑。她注视着鸟，但事实上什么也没看到。沉湎于梦想的火见子看起来全身变得柔软浑圆，特别是那火红灼热的脸庞。

如果能和火见子重演一次那个冬夜里的强奸剧……鸟怀着一种惋惜的心情想。但那是不可能的。从今往后，即使能有机会与火见子性交，那么，这性交也将和鸟今天早晨换衣服时偶然瞥见的自己瘦弱如雀的生殖器联系在一起，和妻子分娩时急剧扩张而后又缓慢收缩的生殖器联系在一起，和濒死的婴儿联系在一起，和人们共同约定对这一现实世界里所有不愿看到且令人厌恶的事都佯作不知的态度，即被称为人道主义的人类的猥琐和悲惨联系在一起。这不仅不是欲望的升华，而是欲望的粉碎。鸟轻轻呷了一口威士忌，微微暖热起来的内脏被这一念头吓得战栗不已。如果和火见子再一次重复那年冬夜失败了的那种极度紧张的性关系，那就只能把她勒死吧？在鸟心灵深处的欲望之巢，一个声音振翅飞翔：屠杀，奸尸！但是鸟明白现在的自己是不会冒这样的险的。知道了火见子在那个夜晚还是处女以后，现在的我只有无尽的悔恨。鸟蔑视自己内心的混乱，并努力想拒绝这样的自己。然而，那密布棘刺的黑红色欲望与像海胆似的不安却不能彻底消融。不能屠杀奸尸，那就设法找个可以唤起同样紧张和具有爆炸性的戏剧来吧！然而鸟只是束手无策地，对自己面临紧急危险时的无能为力而感到茫然。他像一个因屡屡失误而被替换下来的篮球运动员返回赛场边的长凳旁喝水似的，喝了一大口威士忌，精疲力竭而焦躁不安，还带着一些自我嘲弄的心情。威士忌已经不再强烈，也不再香醇，甚至连苦味也没有了。

"鸟，你喝威士忌，一直喝得这么快、这么多吗？简直像喝红茶一样，就是红茶，烫的时候也不能这么喝呀。"

"是啊，一直是这样的，喝的时候。"鸟不好意思地回答。

"和女人在一起的时候也这么喝？"

"为什么不能这么喝？"

"像你这么喝，肯定没法让女人满足。更重要的是你自己始终都达不到高潮。像一个长距离游泳运动员，疲惫劳顿，心律失常，在女人的脑袋旁架起酒精的彩虹！"

"你现在想和我睡吗？"

"你醉得一塌糊涂，我才不想和你一块儿睡呢，那对我们俩都没有意义。"

鸟把手指伸到裤兜深处的角落，去摸自己那个热乎柔软的东西。那是一只无聊地睡在那里的小鼹鼠，和鸟心里燃烧起的欲望正相反，它无精打采地萎缩着。

"看，不行吧，鸟。"火见子敏锐地打量着鸟的动作，不无夸耀地说。

"就算我达不到高潮，但我可以像孙悟空那样让你达到高潮呀。"

"可没那么简单呢，我的高潮！你好像没有好好记住那年寒冬腊月我们在储材场上的事，那虽然也没什么，但那是我一个生活阶段开始的仪式。又冷又脏，滑稽而惨痛的仪式。打那以后，我苦战苦斗，像长途赛跑一样，一直到了今天，鸟。"

"莫不是我让你得了性快感缺乏症？"

"要说一般的高潮，那容易。在指甲里还留着储材场地面上的泥土时，找几个同学帮个忙就行了。不过，就像爬楼梯一样，我老想追求更好更强烈的高潮，鸟。"

"大学毕业以后，你一直干着的只是这件事吗？"

"准确地说，不是大学毕业以后，而是从在校期间开始，那就是我的工作，现在想起来。"

"已经厌烦了吧！"

"不，不，才没有呢，鸟。什么时候让你好好理解理解，如果你不想在自己的性记忆里，只记住储材场事件里的我，鸟。"

"那我也把我在长途赛跑中获得的经验教给你。"鸟说，"我们别再像两个欲求不满的小鸡似的用嘴巴试来探去的了，一块儿睡吧！"

"你喝得太多了，鸟。"

"你以为只有那东西才是性器官吗？追求最佳性高潮的专家，考虑问题居然这么单纯呀。"

"用手指？用嘴唇？或者像盲肠似的奇怪得让人难以置信的器官？我可不愿意，感觉就像手淫。"

"不管怎么说，你是坦率的，坦率得像个伪恶家。"鸟退后一步说。

"还有，鸟，我看你今天一点性欲都没有，或者不如说，今天你很讨厌性一类的东西。即使我们一起睡了，你顶多不过是跪在我的两腿中间呕吐而已。你耐不住厌恶的情绪，把我的肚子弄得满是黑乎乎的威士忌和黄乎乎的胃液。鸟，我已经遇到过一次这样的倒霉事了。"

"经验还真能教给人们一些东西啊，你的观察很正确。"鸟失望地说。

火见子安慰道："没必要这么着急嘛。"

"是啊，没必要着急。我好像已经很长时间没有碰到什么不能不着急的事了。可为什么小时候，一年到头都是那么火急火燎的呢？"

"大概因为很快就要告别孩提时代了吧？"

"的确，我很快就不是孩子了，而现在已经到了做父亲的年龄。但是，我还没有做好当父亲的准备，所以没能生出正常的孩子。我什么时候能够成为一个合格的孩子的父亲呢？我没有自信哪。"鸟不由得感伤起来。

"在这种事情上，无论是谁都不会有自信的，鸟。等到下一个孩子出生，是一个正常健康的孩子，你也就能够确认自己是一个正常合格的父亲了。然后，你再回顾一下过去就有自信了。"

"你真是个充满人生智慧的人啊，"鸟得到了鼓励，说，"我想问你……"

睡意像海葵的触须阵阵袭来，鸟感到自己最多只能抵抗一分钟了。他认真望着在摇晃不定的视界里的空杯子，摇了摇脑袋，考虑是不是应该再喝一杯。然而他不得不承认自己的肚子已经容纳不下哪怕一毫升的威士忌了。杯子从鸟的手里掉下来，碰到膝盖上，然后滚到乱糟糟的地板上。

"我只想再问你一个问题。一个人，小孩子的时候就死了，他死后的世界，是什么样子的呢？"鸟想试试自己能不能站起来，跺了跺脚，同时提出了问题。

"如果确实有死后的世界，那他的世界肯定是非常单纯的吧，鸟。不过，你是不是不肯相信我的多元宇宙说？在最后一个宇宙里，你的孩子也会活到九十岁的呀。"

"嗯，嗯，"鸟应着，"那么，我睡觉了，火见子。已经是晚上了吧？你能看看窗帘外面么？"

"还是中午噢，你想睡就睡我的床吧，反正傍晚我要出门。"

"你就这样扔下可怜的朋友，开着红跑车出去？"

"可怜的朋友醉了的时候，最好就把他一个人扔下。要不然，到时候两个人都麻烦。"

"对！你集中了人类所有的聪明智慧，那么，你开着车一直转到天亮？"

"有时候是这样啊，鸟，就像'砂男'*一样四处寻找睡不着觉的孩子。"

鸟好不容易才把自己绵软而沉重的身体从藤椅上拉下来，像拉别人的身体似的，然后把手臂缠绕在火见子结实有力的肩膀上，向卧室走去。太阳般灼热而通红的脑袋里，矮小滑稽的小人浑身闪着光奔跑着，像在迪士尼电影里看到的彼得·潘似的小精灵。鸟被这一幻觉逗得笑了起来。

"你像一个亲切的老大妈。"鸟倒在床上的时候，终于喊出了一句感谢的话。

鸟睡了。一个全身绿鳞的男子，眼睛暗淡而悲伤，嘴像山椒鱼似的惊恐地大张着，横卧在他的梦境里暮色笼罩的广场上。不一会儿，这一切又都卷入了夜色的旋涡中。跑车启动的声音。然后，他睡着了，睡得很沉。夜里，鸟曾醒过来两次，火见子始终没有回来。鸟是被窗外的喊声惊醒的。那喊声，谨慎、克制，但又非常执

---

* 砂男：德国作家E.T.A.霍夫曼的短篇小说中的妖怪。它背着一个装有魔法沙砾的大口袋，只要将这种沙砾撒到人的眼睛中，人就没法再睁开眼。德国的家长会用"快睡觉，否则砂男会来挖你眼睛的"这种说法哄孩子睡觉。

拗而有耐心：

"火见子，火见子！"

第一次喊声还带有一些少年的童真，第二次鸟醒来的时候，发现那喊声是一个中年男人的声音。鸟抬起身，学着火见子向外看他的样子，扯起窗帘的夹缝，向外窥望来访者。鸟看到，在微暗的月光里，一个拘谨惶恐但夜礼服却穿得整整齐齐的小个子绅士，鸡蛋似的圆脑袋向上仰着，很羞涩又略有些讨厌自己似的在那里呼唤。鸟放下窗帘，走进隔壁房间，找到剩下的威士忌一口喝光，然后又回到女友的床上睡了过去。

5

鸟被反复袭来的呻吟声惊醒，很厌烦地睁开眼睛。开始他以为那是自己的声音，因为在他睁开眼的那一瞬间，从他胃里涌出的无数小鬼，正在用小小的箭头到处捅着，让他禁不住叫唤了一声。然而鸟的耳畔再次响起的，并不是他自己的呻吟声。他保持着醒来时的姿势，稍稍抬起头，看了一眼床边。火见子就睡在床和电视中间狭窄的地板上。是她发出了野兽般响亮有力的叫唤，像通信电波一样，把呻吟声从梦的世界里传送了过来。而且，那是很恐怖的呻吟。透过室内暗淡的空气网络，鸟看到火见子稚气、暗浊而没有血色的圆脸，时而痛苦地绷紧，时而蠢笨地松弛下去。每当呻吟声提高的时候，火见子就扭动身子，用胖乎乎的手指挠自己的喉咙和胸脯。鸟仔细地望着火见子从被子边露出的乳房和侧腹。尽管乳房都是标致的半球形，却不自然地偏向两侧。一对相互背离的乳房。双乳之间，是一片让人觉得反应迟钝的宽阔平坦的地带。鸟记得自己曾经见过火见子这片长得不成熟的胸，可能是在那年冬夜的储材场上吧。但火见子的侧腹和被子下面隆起的腹部却一点也引不起鸟的怀念之情。他感觉那里似乎开始积蓄起年龄的脂肪，属于鸟所不了解的火见子新生活的侧面。脂肪的根须很快就会蔓延到皮肤下的各个角落，改变她的体形吧，而乳房上残留的这点清新的气息也将会很快地消失。

火见子又高声叫唤起来，像突然受到了什么威胁似的，猛地睁开了眼睛。鸟马上合目佯睡。一分钟后，他睁开眼一看，火见子又睡着了。这回，她用被子把自己包裹到咽喉，一副木乃伊的样子，像既不叫唤也没痛苦的虫子一样睡在那里。她可能在梦里和恐怖的妖怪达成了什么协议吧。鸟放下心来，闭上眼睛，专心对付自己胃里的问题，那时而恐吓、时而摇撼他的胃的问题。眼看着胃突然膨胀起来，充满了鸟的身体和整个意识空间。火见子是什么时候回来的？自己的孩子是不是像伤兵阿波利奈尔那样头缠绷带被搬上了解剖台？今天在预备学校的课我能上好吗？这些互不相关的念头，顶着胃的压力，企图潜入鸟的大脑中心位置，但都被一一击退。鸟觉得自己马上就要呕吐起来。一种恐怖的心情使他脸皮发凉。如果我把这床吐得一塌糊涂，过后火见子将怎么看我？当年我烂醉如泥，竟在隆冬的户外强奸般地夺去她处女的贞洁，却丝毫不知那行为所包含的意义。几年以后，又同在一个房间里过夜，大醉不醒，一味恶心欲吐。我真是个一无是处的家伙啊。鸟一连打了十几个满是酒气的嗝，脑袋嗡嗡作痛，但还是坐起身，向床外迈出了极为艰难的一步，慢慢地向浴室方向走去。不知什么时候，鸟除了一条裤衩外，浑身都脱得精光。当他拉开关不严的玻璃门，气喘吁吁地把自己顺利关进浴室时，出乎意料地感到了一阵喜悦，如果自己像蟋蟀那样细声地呕吐，或许可以完全不让火见子察觉到。

鸟跪下来，两肘支撑在抽水马桶圈上，托着脑袋，像在虔诚地祈祷似的，等待着胃紧张到爆发的程度。冰凉的脸庞奇怪地热得沁出了汗珠，随后热气和汗珠又都突然消失了。在鸟以现在这种姿势窥望的眼里，马桶像一个粗大的白色喉咙，包括那狭窄的底口处的清水，无疑和喉咙一样。第一次恶心翻腾上来。鸟发出狗叫似的声音，伸长的脖颈绷得紧紧的，猛然吐了出来。鼻腔里充满了水，发出了强烈的刺激性味道。鸟喘息着，眼泪滴到脸颊，一直流到粘在嘴唇四周的污物上。鸟虚弱无力地把残存在食管里的东西都吐了出来，只觉得脑袋里火星缭绕。随后，是一个小休止。鸟像一个水管修理工完成了一件工作似的，抬起身，用放在浴室里的纸擦了擦脸，响亮地擤了几下鼻子，"唉"地长叹了一声。然而呕吐并未至此完结，这是鸟的惯例：一旦开始呕吐，至少要吐两次。并且，第二次呕吐不能凭借胃自身的力量，得不怕弄脏自己的手指，伸到口腔里把呕吐物引出来。正是预想到这样做的痛苦鸟才叹气的。他再次垂下头。现在，马桶里肮脏而荒凉。鸟恶心得闭上了眼睛，把手伸到头顶去拉水箱的绳纽。水哗哗地流淌，鸟的额前掠过一阵阴凉的小旋风。他再次睁开眼睛，眼前仍是大张着的洁净的白色喉咙。鸟把手指伸到自己那狭小的红色口腔，开始强制性呕吐起来。接下来是呻吟声，无意义的眼泪，脑袋里闪烁的金色火星，火辣辣的鼻孔黏膜。吐完了，鸟擦了擦肮脏的手指和嘴边，还有沾满眼泪的脸颊，精疲力竭地靠在马桶上。我这么做多少能补偿一点婴儿的痛苦吧。这么一想，鸟为自己的自私感到羞耻。这彻夜大醉的痛苦，恰恰是完全没有价值的，不能抵偿任何别的痛苦。即使可以说这念头只在我脑子里一闪而过，我也不该这么厚颜无耻，容许如此虚假的补偿。鸟像一个道德主义者似的弹劾着自己。然而，呕吐过后的安定感，和胃里那些捣乱鬼的沉默——尽管这绝不会长久——还是给了鸟醒来以后最舒适的一段时间。我今天必须去预备学校上课，还必须到医院给可能已经死了的婴儿办理各种手续，鸟想，然后，还要和岳母联系，通知她婴儿死去的消息，还要商量一下什么时候可以把真相告诉妻子。这可是一件大事。然而事实上，我却醉了个通宵，在久别重逢的女友的浴室里呕吐得浑身无力，靠着马桶茫然失措。这不是太不合情理了吗？然而如果说鸟对自己所陷入的景况感到了恐惧，倒也不是。恰恰相反，在完全放弃了责任、束手无策的这几十分钟里，鸟体味到了一种自我拯救的感觉。现在的我，只感到浑身瘫软，鼻子咽喉的黏膜疼痛不已，很像是濒死的婴儿的兄弟。我唯一的长处，就在于没有像婴儿那样哭叫，而事实上，我比哭叫的婴儿更丢人，更不成体统……

　　如果可能，鸟真想把自己扔到冲水马桶里，拉一下绳子，冲到哗哗作响的下水道地狱里去。然而，鸟还是吐了口唾液，恋恋不舍地告别了马桶，拉开拉门，准备返回到卧室去。那时，鸟已经完全忘记了火见子的存在，而当他光着脚踏进卧室的时候，鸟便立刻明白，火见子已经完全醒了，他呕吐的样子，以及呕吐之后很奇怪的沉默，她都看得一清二楚。火见子仍然像刚才睡觉时那样躺着。暗淡的光线透过窗帘，鸟看到火见子的额头、眼睑、鼻梁和上嘴唇的轮廓都抹上了一圈淡淡的金色，疲惫的眼睛大睁着。鸟像个小老鼠似的，从她的脚旁一溜小跑，去取放在床边的裤子和衬衫。这之间，火见子那犹如快门全开的相机镜头似的眼睛，可能一直在盯着鸟那青筋暴突满是黑毛的腿和略略鼓起的肚子。

"你听到了我像狗一样地呕吐了吧？"鸟羞怯地问。

"像狗？那可是条音量很大的狗哪。"火见子那睁得大大的眼睛，重新平静地打量着鸟，但说话的声音里仍然带着睡意。

"是啊，是条像牛一样大的圣伯纳德犬。"鸟有气无力地说。

"看上去好像很痛苦，已经吐完了吗？"

"嗯，目前这段时间，可以这么说吧。"鸟回答道。随后勉强支撑着摇摇晃晃的身子，也不知道从被子上踩了多少次火见子的脚，才跟跟跄跄地走到自己的裤子旁边，一边慌乱地把脚伸进裤腿，一边说道："不过我想上午可能还要再吐一次。一向是这样的。我最近没喝酒，很久都没有醉到第二天了，像今天这样的彻夜大醉，说不定会成为我一生中最糟糕的一次。现在回头想想，那时候之所以一连数周滥饮不止，开头就是因为第二天酒醉不醒，就又借酒浇醉，结果就乘上了酒精的无轨电车了。"鸟故意夸张了自己忧伤的口吻，本想引发一种滑稽的效果，没想到结果却陷入了一种苦涩的自我反省。

"那就再来一次，不好么？"

"今天我可不能再醉了。"

"喝点柠檬汁，多少会好一些。已经买了，在厨房里呢。"

鸟柔顺地向厨房看去，宛如佛兰德斯画派*的光线透过磨砂玻璃射进厨房，十几个柠檬散乱地放在水槽边，闪烁着新鲜的黄色光泽，刺激着鸟虚弱的胃神经。

"你常常买这么多柠檬吗？"鸟问。他穿好裤子，把衬衫扣子一直扣到风纪扣后，多少恢复了一点从容。

"看需要呀，鸟。"火见子极为冷淡地回答，似乎想

---

* 佛兰德斯画派：十五世纪早期至十七世纪佛兰德斯地区（今比利时西部、法国北部、荷兰沿海部分地区）美术流派的通称，对欧洲美术发展有重大影响。

让鸟知道自己的提问有多么无聊。

"你什么时候回来的？开车一直开到天亮？"鸟失去了从容，又找话搭讪。但火见子只是嘲弄般地回头看着他，他赶紧像汇报什么重要问题似的补充道："昨天深夜，你的两个朋友来了。一个好像是个孩子，另一个嘛，我从窗帘缝里看到了，是个脑袋像鸡蛋的中年绅士。但我没和他们打招呼。"

"打招呼？当然用不着。"火见子无动于衷地答道。

鸟从上衣口袋里掏出手表，看了下时间，九点，他上课的时间是十点。要是预备学校有人敢不请假就停课或迟到，那一定是个了不起的人物。但鸟并不是这么勇敢果断、感觉迟钝的教师。他摸索着系好了领带。

"我和他们睡过几次，所以他们以为自己有深夜来访的权利。那个孩子可奇怪呢，他对两个人睡觉并没多大兴趣，总梦想看我和别的男人睡，他在一旁帮忙，所以总是瞄准了有人到我这儿来的时候来，可偏偏又是个醋坛子！"

"你给了他这样的机会？"

"怎么会？"火见子非常干脆地回答，然后说，"那孩子特别喜欢你这种类型的成年人，什么时候一起来？为了你。他可会照顾人呢。鸟，你肯定接受过不少这类服务吧？在学校，低年级同学里有你的崇拜者。在预备学校，也肯定有愿意为你献身的学生吧？我觉得你是那种小圈子里的孩子王。"

鸟摇头否认，然后向厨房走去。脚心结结实实地踩到冰凉的地板上，他这才发觉自己没穿袜子，鸟懊恼地想，这下可够受的，要是弯腰去找袜子，说不定又要呕吐了。但光着脚板走在地板上的感觉并不坏，水龙头进出的水溅到手指上的感触，用湿手抓柠檬的感觉，这一切都让他觉得愉快。鸟挑了一个大柠檬，一切两半，绞出汁来喝了。那令人怀念的恢复常态的感觉，伴随着沁人心脾的冰凉的柠檬汁，从鸟的咽喉一直流到受尽了虐待的胃。

鸟回头望着卧室，很小心地挺直上身，一边找袜子，一边满怀感谢地对火见子说："柠檬好像特别有效。"

"要是再吐的话，这回该是柠檬的味道，感觉会好一些的。"

"你捻碎了我可怜的希望。"鸟说道，眼看着柠檬汁给自己带来的满足感突然云消雾散。

"你找什么呢？像到处找河蟹的熊似的。"

"袜子啊。"鸟小声说，他觉得自己赤裸的脚很蠢。

"在鞋子里边放着呢，出门时和鞋一起穿。"

鸟狐疑地低头看了一眼裹着毯子躺在那里的火见子，猜想道，这可能是她的情人们钻到这个床上时的习惯吧？他们可能是为了遇到比自己强壮粗暴的男人来的时候可以拎着鞋袜光脚逃掉，才这样事先预备好的吧？

"那么，我走了。上午必须上两个小时课。从昨晚到今天早上，真的非常感谢！"鸟说。

"你还会来吗，鸟？也许我们彼此都很需要对方呢。"

鸟像听到哑巴开口说话似的吃了一惊。火见子抬起头来眯起眼睛看着鸟，厚而圆的眼睑半闭着，皱起了眉头。

鸟说："也许吧。也许我们真的互相需要对方。"

随后，鸟就像一个在沼泽地勘察的探险队员不时被草刺和残断的铁丝刺痛了脚底似的，光着脚战战兢兢地穿过了光线暗淡的客厅。在换鞋的地方，鸟害怕弯下腰时又要想吐，便飞快地把袜子和鞋穿好。

"好，再见了，好好睡吧。"鸟冲屋内喊。

他的女友默然无声。鸟走出门外，是一个充溢着酸性物质般耀眼光线的夏日早晨。鸟走过那辆红色跑车旁，看到钥匙还插在跑车的匙孔上。过了不多久就会有小偷来把车轻轻松松地偷走吧。鸟很难过地想。这位曾经非常勤奋、细心、聪明的女学生，为什么会变成现在这副样子呢？结了婚，丈夫却年纪轻轻就自杀了，深夜开车出去发泄一番之后，还要被噩梦折磨。

鸟想把车钥匙拔下来。但是，如果现在重新回到女友身边，看到她在暗淡的光线里皱着眉紧闭着双眼一言不发的样子，就很难再走出来了。鸟把触着钥匙的手指收回来，扫视了一下四周，安慰自己道：至少现在还没有偷车贼窥视这里。车轮外侧有一截短短的雪茄烟，可能是昨晚那个鸡蛋脑袋的中年绅士丢下的吧。毫无疑问，有很多人比鸟更愿意贴身照料火见子。鸟摇了摇脑袋做了一次深呼吸，试图摆脱因受到种种威胁而装备成的醉虾状态，但终于未能振作起来，于是耷拉着脑袋踏上了铺满阳光的马路。

然而很幸运，鸟的良好状态一直保持到走进预备学校的大门。马路、站台，然后是电车。电车里是最难受的，鸟的喉咙干渴得冒烟，一路上忍受着车的震动和周围的人群散发出的味道。车厢里面的乘客当中，只有鸟一个人不停地流汗，似乎只有他周围的一平方米提早进入了盛夏时节。触碰到鸟的人，都奇怪地回头看他。鸟像一头吃了一筐柠檬的猪，为呼出的柠檬气味而羞愧不已。并且，他还要不停地打量四周，寻找万一控制不住可以跑去呕吐的地方。走到预备学校门口时，总算控制住了呕吐的鸟，觉得自己就像是一个败退的老兵，经过了漫长的旅途而筋疲力尽。但事实上，真正的困难还在后头，因为敌人已经抢先到达，在前面设好了埋伏。

鸟从教员专用柜橱里拿出教科书和粉笔盒，然后又看了一眼书架子上面的 COD 词典 *，不过今天鸟觉得这东西太重了，不想把它拿到教室去。鸟教的这班学生里，在词义和语法规则方面，本来就有几个能力比当老师的鸟强得多，如果遇到生僻的单词、难解的句子，只要从中叫起一个，就足以解决问题了。他这个班年轻学生的头脑，都像鹦鹉螺化石一样复杂，在死记硬背的细节方面过分发达，一旦综合把握学习对象时，就转动不起来了。因此，鸟的主要任务就是综合概括文章的整体意思。但是，至于自己的课对学生们的大学考试究竟有用没用，鸟暗地里一直摆脱不了自己的怀疑。

　　走出排列着柜橱的房间，鸟怕碰到外语专业那位毕业于美国密歇根大学、一副日侨精英派头、态度和蔼但目光锐利的主任，故意不去教员室那边的电梯，反而走出后门，去爬那常春藤一般贴在大楼墙壁上的螺旋式楼梯。爬着爬着，鸟渐渐无暇光顾眼底下的街市风景了，努力忍受着从后面赶上来的学生们把螺旋楼梯弄得船一

---

* COD 词典：Concise Oxford Dictionary,《简明牛津词典》。

般地东摇西晃，脸色苍白，汗珠直滴，气喘吁吁地，还时不时像呻吟叫唤似的打个嗝。他的步履实在太缓慢了，以至于追过他的学生都禁不住停下脚步，看看鸟的脸色，踌躇一会儿，然后又迈开大步向上跑去，把楼梯踩得摇摇晃晃。鸟头晕目眩地叹息着，紧紧抓住楼梯扶手……

好不容易爬到顶头，鸟松了口气，却听到等在这里的一个朋友在招呼他，于是马上又紧张起来。这个朋友，是鸟和一些当临时翻译的同伴组织起来的斯拉夫语研究会的负责人。鸟正在和醉酒后遗症纠缠得难解难分，觉得意外遇到这个人是一件麻烦事。鸟像一只遭到攻击的海贝似的把自我封闭起来。

"喂，鸟！"朋友叫道。鸟这个外号，不管在什么场合哪类朋友之间，都是通用的。

"从昨天开始，一遍一遍给你打电话，都联系不上，所以只好来这儿等了。"

"嗯。"鸟冷淡地回答。

"戴尔契夫先生的传闻，听说了吧？"

"什么传闻？"鸟隐隐地感到不安。戴尔契夫是巴尔干半岛上一个很小的社会主义国家的驻日公馆馆员，他们研究会的讲师。

"说是戴尔契夫先生泡在一个日本女孩住的公寓里不肯回公使馆，已经一个星期了。公使馆想内部协商解决，把戴尔契夫领回来。公使馆刚刚设立不久，本来就人手不够，而且又是在新宿最脏最乱的地段里面，没人有能力去找，所以求到了我们研究会。本来嘛，我们多少也有一些责任。"

"责任？"

"研究会完了以后，我们不是带他去喝酒吗？他就是和那家'椅子'酒店的女孩泡在一起的。"朋友有点不好意思地笑了，"不是有个小姑娘，脸色不太好，小个子，有点怪吗？"

鸟立刻想起了那个脸色不好、矮小而性情古怪的女孩。

"可是，那女孩又不会英语，斯拉夫语系的任何一种语言她都不会吧？戴尔契夫日语也不行，他们怎么过呢？"

"就是啊，他们这一周到底是怎么过的呢，难道一句话也不说吗？"那朋友说着，愈发有些不好意思了。

"如果戴尔契夫死活不肯回公使馆，那会怎样？会变成流亡或者亡命事件吗？"

"那当然。"

"那就麻烦了，戴尔契夫先生。"鸟神情忧虑地说。

"我们研究会人员想集中起来想想办法。你今天晚上有空吗？"

"今天晚上……"鸟很为难，"今天晚上我不行啊。"

"戴尔契夫不是和你最亲近吗，如果我们研究会派出使者，还是希望你去。"

"使者？不管怎么说，今天晚上我不行。"鸟说，然后终于决心把事情说破，"孩子生出来了，但先天异常，也不知道现在是死了，还是快要死了。"

朋友立刻吃惊地"啊"地叫出了声。上课的铃声在他们头上响了起来。

"啊，这可太意外了，实在太意外了。那么，今晚的会议我们来开，你忙你的。孩子的事情，希望你能想得开。打起精神来，夫人还好吧？"

"嗯，还好，谢谢！"

"关于戴尔契夫的事，等想好了对策，我再和你联系。不过，你看上去身体很虚弱呀，要当心。"

"谢谢！"

鸟为自己隐瞒了醉酒的事而感到过意不去，目送着朋友急急忙忙地摇晃着肩膀逃也似的跑下楼梯，然后走进了教室。一刹那，一百多个学生蝇头似的丑陋面孔一齐朝向了他。鸟条件反射地低下头，随后又抬起来，尽量不让自己从正面看学生，像举着自卫武器似的把教科书和粉笔盒捧在胸前走上了讲台。

上课了。鸟打开教科书里夹着书签的那页，毫无准备地接着上周学完的那段开始朗读起来。鸟马上意识到这篇文字是从海明威的作品中节选出来的。教科书是外语专业主任凭自己的兴趣从美国现代文学作品中节选出来的，每篇都带有语法问题的短小章节汇集。海明威，鸟用力思索着。他很喜欢海明威，尤其爱读海明威的《非洲绿丘》。教科书引用的段落选自《太阳照常升起》，是接近结尾处主人公洗海水浴的那一部分。"我"游着，身下波涛汹涌，时而有波浪劈头打来，游到一处风平浪静的地方，"我"便仰浮着随意漂流。除了天空以外什么也看不见，浪涛一会儿涌起，一会儿落下……

鸟感到自己体内开始出现难以抑制的危机。喉咙干涸，舌头像异物般肿起，整个身体浸泡在恐怖的羊水里。即便如此，鸟仍然朗读不止，同时，像一个病黄鼠狼一样，狡猾而孱弱地窥视着门口。如果急速冲出去，应该来得及吧？但是，如果能不这样，坚持把课上下去，那再好也不过了。为了分散紧张情绪，鸟一边朗读，一边开始回忆节选下来的这一段落的前后文。"我"在沙滩上休息了一会儿，又跳进水里游。后来回到了宾馆，接到了和年轻斗牛士私奔的恋人打来的电报。鸟想背诵出那份电报。

COULD YOU COME HOTEL MONTANA MADRID

AM RATHER IN TROUBLE BRETT

（你可以来马德里的蒙塔纳酒店吗？

我有麻烦。布勒特）

鸟非常顺利地想起来了。这是个好兆头。这个电报是我所读过的最有魅力的电报，也许可以忍住恶心，鸟祈祷似的拼着力气想。随后他又想起了一节。"我"睁着眼睛潜到海水里，看见了蓝色的东西丝丝地流着。在教科书引用的范围里，如果出现这一段，我就能止住呕吐。鸟许了个愿，继续读下去，"我"上了岸，回到宾馆，接到了电报。那电报和鸟的记忆完全相同。

COULD YOU COME HOTEL MONTANA MADRID

AM RATHER IN TROUBLE BRETT

但是，一直到"我"洗完海水浴，睁着眼睛潜到水里的场面始终没有出现。鸟吃了一惊，不禁疑惑起来：这是海明威的另一篇小说，还是另一位小说家的文章？许的愿失灵了。鸟终于哑然失声，咽喉干裂出千万条龟纹，舌头肿胀得塞满了整个口腔，几乎要溢到唇外。鸟望着上百只蝇头微笑着，就这样滑稽而又无可奈何地沉默了五秒钟，然后突然跪了下去，两手撑在满是泥土的地板上，像青蛙似的张开五指，一边呻吟，一边开始呕吐。他像一只呕吐的猫，伸直了脖子，内脏拧绞得剧烈疼痛，也很像是被身材巨大的哼哈二将踏在脚下徒劳挣扎着的小鬼。鸟尝试着至少用一种幽默的方式呕吐，但事实却完全相反。只是当吐出来的东西从舌根逆流回来的时候，确实如火见子所说，是柠檬的味道，因此，鸟努力把它想象成地牢墙上开着的紫罗兰，希望借此恢复平静。然而，在呕吐的高潮面前，这一心理诡计也像奶油蛋糕一样软弱无力。发出可怕呻吟的鸟大张着嘴，身体僵直。马眼圈似的黑颜色哧溜溜地从脸的两边伸展过来，锁住了他的眼睛。鸟热切地希望自己能钻到一个更黑更暗的地方，能钻到与这里完全不同的另一个宇宙里！

这一瞬间之后，不用说，鸟仍旧留在现在的宇宙里。他涕泪交流，可怜兮兮地低着头看着自己吐出的东西，一汪淡淡的土红色里，散乱着鲜黄色的柠檬渣。如果在荒凉枯淡的季节坐着美国赛斯纳牌轻型飞机低空飞行的话，看到的非洲大草原可能就是这种颜色吧。在柠檬渣的阴影下，应该潜伏着犀牛、食蚁兽和黄羊。张开降落伞，抱紧枪，像蝗虫一样急急地跳下飞机……

呕吐完全止住了。鸟用沾着泥土和胃液的脏手蹭了一下嘴唇四周，站了起来。

"你们看，今天的课就上到这儿吧。"鸟气息奄奄地说。

他觉得那百余个蝇头都同意了，便想收起教科书和粉笔盒。但是，突然间一只蝇头立起，大声叫起了什么。他像个农民的儿子，女性化的圆脸上红光焕发，蔷薇色的嘴唇一闪一闪地叫唤着，但他的声音都窝在口腔里，又口吃，根本听不清在说些什么。不过，渐渐地鸟还是明白了他所主张的内容。他首先批评鸟的教学态度是预备学校教师不应该有的。当看到鸟听到这批评只是表现出惊讶不解的神情时，批评便立刻化为了刻毒的攻击。他滔滔不绝地抱怨着，什么预备学校的学费太贵了，准备考试的时间太短了，还有对预备学校的期待，以及期待破灭之后的愤怒。不久，鸟的困惑像酒变成了醋一般开始转化成为恐怖，而恐怖的红晕又都凝聚在眼圈周围，鸟觉得自己似乎变成了一只恐怖的眼镜猴。很快，那九十九只蝇头，也将被这家伙的愤激所感染，我将受到一百个愤怒浪人的围攻，陷入无法逃脱的困境。鸟再一次感到，虽然自己每周都在给这一百个学生上课，但事实上对他们丝毫也不了解。鸟看到了一个被一百个不知根底的敌人包围着的自己，而且是已经被接连不断的呕吐折腾得精疲力竭的自己。抗议者渐渐兴奋起来，鸟现在只有流泪的份儿。他即便想回答那个年轻学生，呕吐后的口腔也已经干涸得连一滴唾液也分泌不出了，鸟能够发出的似乎也只有一声鸟叫似的声音了。啊，我该怎么办啊？鸟发出无声的悲鸣。在我的日常生活中，一直藏着这样凶险的陷阱，等着我往里掉。而且更糟糕的是，这样的陷阱和我应该在非洲的冒险生活里遭遇的危险不同，哪怕真的掉了进去，也不会变得神志不清，更不能算出事故死亡，只能茫然地望着陷阱的墙壁发呆。正是我本人想发个电报啊，AM RATHER IN TROUBLE（我有麻烦），可是，发给谁呢？

就在这时，教室中央的座位上，一个模样机敏的年轻人站起身来，用平静的口吻劝慰大家道："哎，别发牢骚了，啊！"

刹那间，教室里渐渐高涨起来的那种生硬刺人的感情蜃气楼开始消失，幽默的气氛随之弥漫开来，学生们哈哈地笑了起来。这是一个机会。鸟把教科书和粉笔盒叠在一起走向门口。

他正要开门，听到背后又传来一声叫喊，回头一看，那个攻击他的学生像他刚才呕吐时一样匍匐着，一边闻着他吐出的东西一边喊：

"酒精的味道。你这家伙，昨晚的酒还没醒。上告理事长，炒你的鱿鱼！"

"上告？"鸟想了一会儿，才明白了这个词的意思。那个机敏愉快的年轻人又故作担心地喊道："哎，你别把那些东西吃了呀！"教室里又是一阵哄堂大笑。

鸟从那个匍匐在地的告发者的攻击下解放了出来，走下了螺旋楼梯。也许火见子的话没错，当他陷入困境时，总有那么一个兄弟般的掩护射击手来救他。鸟走下螺旋楼梯的几分钟里，舌头底下和咽喉里开始感觉到呕吐物的残渣留下的酸味，他频频皱起眉头，但那是一种很幸福的神情。

6

　　鸟在通往小儿科诊疗室和特殊婴儿护理室的岔路口犹豫不决，一个摇着轮椅迎面而来的青年患者很不高兴地盯着他，要他让路。轮椅上本该放脚的地方放着一台大型旧式收音机，而其他地方也看不见这位患者的两只脚。鸟惭愧地把身子贴到墙边上，患者又一次威吓似的盯着用脚支撑上身的这类人的代表——鸟，然后飞快地穿过走廊。鸟目送他远去，叹了口气。如果鸟的孩子现在还活着，鸟应该直奔特殊婴儿护理室，可是如果死了呢，那必须去诊疗室商量解剖和火化的手续。这是赌博。鸟迈步向诊疗室走去。在意识表层，他明确地把赌注押在了孩子的死这一边。他现在是他自己孩子的真正敌人，孩子一生中最初也是最大的敌人。鸟感到愧疚：如果真的存在永恒的生命，存在审判之神的话，那我就是有罪的。但是，这种罪孽感，和在急救车上用"像阿波利奈尔似的头缠绷带"形容婴儿时袭来的悲哀一样，更多的是蜜似的甜味。鸟像去会情人一样加快了脚步，去倾听孩子死去的报告。听到死亡报告，履行各种手续（鸟心里盘算着，医院方面对解剖肯定很积极，手续一定很简单，倒是火葬手续比较麻烦）。然后，今天我一个人去给孩子送葬，明天再去向妻子报告不幸。我也许会对妻子说，这个因脑病而死去的孩子，是连接我们身体的纽带。我们应该能重新恢复正常的家庭生活。然后，仍旧是不满，仍旧是不充实的希望，仍旧是遥远的非洲……

鸟斜着头，向诊疗室低低的窗口里张望，护士也从里边向外看他。鸟报上自己的名字，说明了昨天把孩子运送到这儿的情形。

"哦，那个脑疝的孩子，"这个嘴唇周围长着几根黑毛的中年女人表情舒展，轻快地答道，"请直接去特殊婴儿护理室吧。特殊婴儿护理室，您知道吗？"

"哎，知道。可是，"鸟的声音沙哑而细弱，"那么说，孩子还没死吗？"

"当然还活着呀！挺能喝牛奶的，手脚也都很有劲儿，祝贺你！"

"可是，脑疝……"

"嗯，是脑疝。"护士完全没有在意鸟的踌躇，微笑着说，"是第一个孩子吗？"

鸟只点点头，没有吭声。他匆匆返回走廊，向特殊婴儿护理室方向走去。鸟赌输了。鸟该付的赌金是多少呢？摇轮椅的患者又与鸟在拐角相遇，这回鸟目不斜视地一直往前赶。两人快要撞上的时候，轮椅患者慌忙让开了路。鸟现在不要说顾虑他，连他的残废也忘记了。如果说，坐在轮椅上不满地目送着鸟的背影的患者没有两腿，那么，鸟的内心则像刚刚出货后的仓库一样空空荡荡的。在鸟的胃囊和脑袋里，醉意仍然恋恋不舍地恶毒歌唱。鸟的呼吸短促，散发出一股难闻的味道。连接医院本部和住院楼的长廊呈吊桥似的弧形，更刺激了鸟的不安情绪。而住院楼里那条两侧排满了病房的走廊，则像一条暗渠，通往远方仅有的一丝灯火。面色苍白的鸟走着走着，渐渐小跑起来。

特殊婴儿护理室的门像冷冻室的门一样包着白铁皮。鸟很害羞地轻声向里面的护士报上自己的名字。他又一次陷入了昨天刚刚知道自己的孩子先天异常时所感到的那种耻辱情绪。护士神气十足地开门让鸟进来，接着关上了门。就在这当儿，鸟从挂在门口柱子上的椭圆的镜子里，看到了自己的面孔。额头和鼻子上都浮着油汗，嘴唇半合半张着，还有自我封闭式的暗淡的眼睛，完全一副色情狂的模样。鸟厌恶地移开自己的目光，但这面孔已经深深地印在了他的眼睛里。我将会不时地回忆起这张脸，并因此而感到痛苦。鸟灼热的脑袋里，掠过这样的预感。

"知道哪个是您的孩子么？"

护士走到鸟的身旁问，就像在问这座医院里最健康、最漂亮的婴儿的父亲。但她既不微笑，也没有流露出特别的好意，因此，鸟认为她的提问只不过是特护室的惯例而已。一瞬间，不光是发问的护士，包括那两个正在一台摆在长方形屋子角落里的大型快速热水器下洗着一大堆哺乳瓶的年轻护士、一个在她们旁边称奶粉的中年护士、一个正在狭窄的桌子上翻阅病历的医生（那桌子紧挨着乱七八糟地挂着黑板贴着纸的墙壁），以及那个在他旁边正和一个矮个子男人（看起来这男人和鸟一样，也是收容到这里的一颗灾厄种子的父亲）交谈的医生都停止了工作，把目光集中到鸟的身上，默默地期待着他的回答。

鸟透过宽阔的玻璃窗环视了一下婴儿病室，一时间，医生和护士们在他内心意识里都不复存在了。鸟就像一头两眼干涸阴险的美洲狮子，站在白蚁巢的高处寻找草原上的弱小动物一般，远远地眺望着那些婴儿。

房间里充满了明亮得近于暴烈的阳光。这里已不是初夏，而是真正的夏天，是在夏天的心脏。鸟的额头被那光的反射烫了一下。房间里排列着二十台婴儿床和五台电动管风琴似的保育器，躺在保育器里的婴儿像掩在雾里，模模糊糊的。相反，躺在床上的婴儿却裸露无遗，被明晃晃的光晒得萎靡不振。这是一群世上最驯顺的家畜似的婴儿，也有的手脚轻轻挣动着，但他们的白色棉衬衫和襁褓布都像潜水服般沉重，所有的孩子都给人一种受束缚者的印象。有的孩子手腕被系在床框上（即使这是怕他们抓破自己的嫩皮肤），还有的脚脖用纱布固定了起来（即使这是为了保护他们因输血而裂了口的脚脖），他们简直就是弱小无力的虏囚。他们都沉默着。鸟想，是玻璃窗遮断了他们的声音吗？可是，婴儿们都像没有食欲的金钱龟似的，忧郁地闭紧嘴唇。鸟的眼睛从一个个孩子的头顶掠过。他虽然已经完全忘记了自己孩子的模样，但他的孩子有明显的标志。那个医院院长说过的：外观上看嘛，好像长了两个脑袋呀，瓦格纳有一首曲子就叫作《双鹰旗下进行曲》。那家伙大概是埋没在市井里的古典音乐通吧。

但是鸟没有看到那种模样的孩子，他焦躁地反复在婴儿床当中寻找。突然间，所有的婴儿都张开牛肝色的嘴，毫无缘由地哭叫着，活泼地扭动起来。鸟有些害怕，然后转身向护士投去询问的目光：为什么他们会一起醒来呢？但她对婴儿们的哭叫毫不在意，她和那些意味深长地默默盯着鸟的护士、医生一起，继续进行着游戏。

"不知道吗？在保育器里。你看哪个保育器是你孩子的家？"

鸟非常顺从地弯下腰，皱着眉，去看离自己身边最近的一个保育器，像看水族馆里满是水碱和浮游生物的浑浊水槽。鸟看到了一个皮肤干燥黝黑、像拔了毛的雏鸡似的孩子。他赤身裸体，蚕蛹般的小鸡上套着维尼纶袋，肚脐包着纱布，脸就像消遣漫画里很成熟的小孩，睁眼望着鸟，仿佛他也参加到了护士们的游戏里。毫无疑问，他不是鸟的孩子，但鸟对这个老成、衰弱、像个寂寞老人似的婴儿，却怀有对成年同事似的友好感情。鸟努力让自己的目光从这婴儿乌黑湿润、安详平静的眼睛上移开，抬起上身，回头看着护士，似乎在表示这样的游戏再也无法接受下去了。他站立的地方角度不好，又受室内光线限制，想看清其他保育器里的内容是不可能的。

"还不清楚吗？就是窗边最里头的那个保育器呀！

我特意把婴儿放在容易看得到的地方。"护士说。

这一瞬间，鸟感到非常愤慨。可是，因为这句话，护士医生们对鸟的关注都解除了，他们都恢复了手头的工作和对话。很清楚，这游戏是特殊婴儿护理室接受鸟的一种仪式。鸟耐住性子，向护士指示的保育器看去。自从进入特殊婴儿护理室以来，鸟就处于护士的支配之下，一步步丧失了抵触和反抗的情绪。他似乎也和这些软弱、老成、突然莫名其妙地一齐哭叫起来的孩子一样，被纱布束缚着。鸟喘着热气，把湿湿的汗手在裤子上擦了擦，然后又用这手掌去擦前额、眼睑和脸颊上的汗。他把双手按在眼球上，一刹那浊黑深红的火苗升腾而起，头朝下坠入深渊的幻觉立刻出现在眼前。鸟不由得感到一阵晕眩。

等到鸟睁开眼睛，护士已经走进玻璃窗里，像走进镜子里的人一样，去挪动紧靠窗边的那台保育器。鸟挺直身子攥紧拳头，摆好架势等在那里。随后，鸟看到了他的孩子。婴儿现在没有像负伤的阿波利奈尔那样头缠绷带，他和特殊婴儿护理室里其他的孩子都不相同，像煮过的虾一样红得鲜亮，脸就像刚刚治好的烫伤留下的疤痕一样油光焕发。他闭着眼睛，鸟觉得他似乎在忍耐着一种极不舒服的感觉。婴儿感到不舒服的地方无疑就是他后脑部突出来的瘤。鸟凝视着那紫红色的瘤，很像是被人硬绑在那里的一个沉重的测锤。可能是和瘤一起通过产道时受了挤压，头又尖又长。孩子的脑袋如同楔子一般，比那个瘤更直接、更强烈地嵌进了鸟的内心，迫使他产生了一种和连醉两天后的恶心大为不同、和他的存在根源密切相关的真正可怕的呕吐感。鸟对在身后察看自己神情的护士点点头，像是说，已经可以了，又像是对一个不明原委的存在表示彻底屈服。这孩子将和他的脑瘤一起活到什么时候呢？孩子并没有濒临死亡，他不是可以被几颗哀悼的眼泪轻易融化的果冻。他还活着，甚至已经开始了对鸟的压迫和攻击。婴儿长着像煮虾一样通红、伤疤一样光亮的皮肤，拖曳着锤子般沉重的肿瘤，猛烈地活了起来。植物似的存在？如果是这样的话，那也是仙人掌之类的危险植物。护士看清了鸟的反应，满意地点了点头，又把保育器推回窗边。婴儿们

136

哭叫的旋风再度刮起，像沸腾的炉火，把玻璃隔板震得颤抖不已。鸟垂头丧气，奄拉的脑袋里塞满了婴儿的哭叫，像枪筒里填满了火药。鸟很想要一张婴儿床，或者一台保育器。特别是保育器，充满了雾似的蒸汽的保育器，鸟想躲在那里，像愚蠢的鱼一样，用鳃呼吸。

护士返回鸟的身边说：

"请尽快办住院手续吧，保证金三万日元。"

鸟点了点头。

"喝牛奶特别起劲，手脚动得也挺来劲呢。"

鸟一脸怨气，他想问：干吗还要喝牛奶，还要起劲运动呢？但鸟还是控制住了自己。他讨厌这样没完没了地发牢骚的自己。

"请您稍等一下，小儿科的主治医生马上就来。"

随后，鸟便被丢在那里没人过问。运送哺乳瓶和襁褓布的护士们的胳膊，不时碰到鸟的身子，但她们对鸟看也不看一眼，而鸟不停地低声道歉。这期间，玻璃窗这边占支配地位的，是那个像对医生挑战似的矮小男人的大嗓门。

"确定是没有肝脏吗？为什么会这样呢？虽然您已经解释快一百遍了，但还是不能让人信服呀。这是个没有肝脏的孩子，真的吗，医生？"

鸟好不容易找了个可以不妨碍这些来去匆忙的护士走路的地方。他耷拉着头，看着自己汗津津的手掌，那看起来像一副湿漉漉的无色皮手套。鸟想起了他的儿子举在耳边的两只手。那手和他的手一样，很大，手指很长。鸟把自己的手藏到裤袋里，望着那个和医生争论不休的已逾中年的矮小男人。那男人瘦得像肉干贴着骨架，穿着一件显然过于肥大的开襟衫，开襟衫的第一个扣子敞开着，袖子挽了起来。他的下身穿着一条灯笼裤。从衫衬里露出的脖子、手腕，被阳光晒成了浅黑色，并露着几根青筋，显示出身体素质不好、长期劳累过度的体力劳动者常见的皮肤和肌肉。油腻卷曲的头发，猥杂地粘在上宽下窄、钵盂型的大脑袋上。宽宽的额头和迟钝的眼睛，与脸庞上半部很不相称的小嘴巴和下颏。他即使干一些体力活，似乎也不是一个纯粹的体力劳动者，他无疑是中小企业劳心费神的负责人，同时又兼做体力劳动。他扎着一根腹带那么宽的皮裤带，手腕上则戴着足以与裤带匹敌的鳄鱼表带，紧逼着那个比他高二十厘米的医生。矮个子男人冲着言辞表情都像小官僚似的医生，一味地好胜逞强，炫耀自己脆弱的权威，从而一个劲儿地想把事情朝对自己有利的方向推动。然而当他偶尔回头看护士和鸟的时候，那一闪而过的眼神，又给人一种自认无法挽回颓势的失败主义者的印象。真是一个奇怪的人。

"我不知道为什么会这样，可以说是意外。但事实上，你的孩子就是没有肝脏呀。大便是白的吧？大便是很白很白的吧？见到过这样大便的孩子吗？"医生居高临下，想轻易地驳回矮个子男人的挑战。

"小鸡雏呀，见到过拉白色粪便的。医生，鸡一般来说也有肝吧，吃烧鸡的时候，也吃肝，是吧，医生？尽管这样，小鸡雏不也常有拉白屎的吗？"

"不是鸡雏，这是人的孩子。你这个人呀。"

"可是，拉白便的孩子真的那么少见吗，医生？"

"请你不要用'白便'这个词，这会造成混乱的。"

医生愤愤地打断他，"'绿便'这样的说法是有的，但没有'白便'，你不要乱造词语，会引起混乱的！"

"那么，我就说是白色的大便吧。没有肝脏的人都拉白色的大便，这我已经明白了。但不能说，凡是拉白色大便的孩子都一定没有肝脏，对吧，医生？"

"这我已经解释一百遍了。"医生激愤的声音听起来像是悲鸣。他本想冲矮个子男人冷笑，但那架着粗框厚眼镜的长脸却不听使唤地僵硬着，嘴唇哆嗦不已。

"我想再请教一次，医生。"矮个子男人情绪稳定了下来，声音很温和，"没有肝脏，这对我的孩子，对我，都不是桩小事，是非常重大的事情，是这样吧，医生？"

结果，医生屈服了，他让矮个子男人在旁边的椅子上坐下，取出病历，开始给他解释。医生的声音，还有不时提出疑问的矮个子男人的声音，现在都只在他们之间来往，鸟听不清楚他们在说些什么。

正当鸟伸长了脖子侧耳倾听的时候，门哐当一声开了，一个和鸟年龄相仿的白衣男人慌慌张张地来到他的身后。

"谁？脑疝婴儿的家长。"他问，声音又尖又细，像金属的笛音一样。

"是我，我是孩子的父亲。"鸟回头答道。

医生反复打量着鸟。他的眼睛让鸟联想到乌龟。不只是眼睛，箱子形状的下巴颏儿，耷拉着皱纹的喉结，都让人联想到乌龟。并且还不是天真的龟，而是粗暴凶恶的龟。他的黑眼珠只是不动表情的小小一点，所以，在看起来近于一片白的眼睛里，还让人觉得蕴藏着单纯和善良。

"你的第一个孩子吗？那可真不好受啊。"医生又狐疑地打量着鸟，说。

"嗯。"鸟答应道。

"今天基本上没什么事，最近四五天内，脑外科医生会来看看，我们医院的副院长是这方面的权威。即使做手术的话，也得先让他养好体力才行。我们医院脑外科患者非常多，所以要尽量避免浪费做手术的时间。"

"要做手术吗？"

"如果他有体力经得住的话，应该可以给他动手术。"医生误解了鸟的犹豫。

"手术后，能像正常的孩子那样成长吗？昨天接生的医院说，即使动了手术，孩子也只能像植物人似的活着。"鸟说。

"植物人……"

医生没有直接回答，说了半截话就缄口不语了。鸟看着医生，等着他下面的话，随即鸟确确实实地感到自己陷入了一个可耻的热望。刚才在小儿科窗口听到孩子还活着的时候，这热望便犹如一群可怕的水稻害虫，黑压压地出现在了他头脑的黑暗角落里，以迅猛异常的速度繁殖起来，而且含义也变得越来越清晰。难道我和妻子将被这个植物人怪物纠缠一生？这到底是怎么回事？这念头再一次浮现到鸟的表层意识里来。我无论如何也必须逃离这个怪物婴儿！如果不这样，我的非洲之旅将会怎样？鸟被一种自我防卫的激情所控制，就好像婴儿保育器里的那个怪物会隔着玻璃窗向他攻击过来似的，做好了防卫的准备。同时鸟又像自己肚子里的蛔虫一样，羞耻而痛苦地感觉到自己正深陷于极端利己主义之中。

他不禁全身渗汗，面庞赤红。他的一只耳朵已经完全麻木，只能听到自己热血流动的声音；眼睛充着血，像是被一只透明的巨大拳头击打了似的。呐，我呀……鸟的耻辱感越来越强烈，脸色也越来越红。他眼噙泪水，祈望着能守护住自己非洲旅行的梦想，能逃脱植物似的怪胎婴儿带来的重负。但是，要把这说给医生听，鸟又感到过于羞耻了。他绝望地垂下了西红柿般红色的脸庞。

"你不希望给孩子动手术，让他恢复正常吗？当然，是大体恢复正常。"

鸟浑身一震，好像自己身体最丑陋但快感最敏锐之处——比如说睾丸的皱褶部分——被温柔的手指抚摩了一下似的。他脸色涨得更红了，用自己都无法忍受的卑怯声音说："如果动了手术，能长成正常孩子的希望也很渺茫的话……"

鸟感觉到自己正向卑劣的深渊跨出第一步，卑劣的雪球开始滚动。毫无疑问，他将一路滑向卑劣的深渊，卑劣的雪球也将越滚越丰满。鸟预感到这难以避免的结局，不禁又一次战栗起来。但即便在这一瞬间，他热切而含泪的眼睛也仍然在恳求着医生。

"直接下手弄死婴儿，这是不可以的呀。"医生傲慢地反复打量着鸟，鄙夷地说。

"那当然……"鸟不禁打了个冷战，好像听到了什么意外的回答似的连忙接口道。但随后他就觉察到，自己现在筹划的心理骗局一点也没有蒙骗住医生。这是双重羞辱，但鸟并不想反驳医生来扭转自己的形象。

"你也是个年轻父亲，和我年龄差不多吧？"医生龟似的头向后转动，瞥了一眼玻璃窗这边的其他几位医生和护士。鸟怀疑这医生是不是在嘲弄自己，心里非常恐惧。他昏头昏脑，喉咙里嚅嗫着空洞而逞强的话：如果他嘲弄我，我就宰了他。但医生其实是支持鸟的可耻而热切的愿望的。他唯恐别人听到，用低低的声音说：

"可以调整一下喂婴儿的牛奶的量，有时也可以用糖水代替牛奶。先看看情况，如果婴儿还不衰弱下去，那就只能动手术了。"

"谢谢了！"鸟莫名其妙地叹了口长气。

"不客气。"医生说话的口吻又让鸟觉得像是在嘲弄自己。医生恢复了平常的语调，"四五天以后你再来看看，再怎么着急，也别指望有什么特殊的变化！"说完便像吃了苍蝇的青蛙一样绷紧了坚硬的嘴唇。

鸟移开目光，低头向医生道谢，然后奔向门口。护士的喊声紧追过来：

"尽量快办呀，入院手续！"

鸟像逃离犯罪现场似的，慌慌张张地在光线昏淡的走廊里走着。走廊里很热。鸟这才意识到特殊婴儿护理室是开着冷气的，这是鸟今年夏天第一次遇到的冷气。鸟边走边悄悄地擦拭着羞耻的热泪，可是，他的脑袋比周围的空气，比眼泪都要热。鸟的身子不停地颤抖着，像病愈不久的人那样脚底发虚。集体病房的窗子敞开着，牲口一般脏兮兮的患者或躺或卧，无动于衷地目送着热泪纵横的鸟。走到与单人病房相连的拐角，鸟突如其来的眼泪停止了，但羞耻的感觉，像内障的硬结凝滞在了他的眼底。并且，不只是在眼底，在鸟体内的各个地方，都结着这样的硬结，羞耻感的癌。鸟感觉到了体内这些异物的存在，却未能加以更多的思考。他的脑力已消耗殆尽。一个单人病房的门开着。鸟看到一个身材小巧的年轻姑娘赤身裸体地叉着双腿站在那里。姑娘的身子晕染着蓝黑色的阴影，给人一种未发育成熟的印象。闪烁的目光挑逗似的望着鸟，同时用左手抱着隆起小小乳房的狭窄的胸，右手则来回抚摩平板的下腹，然后停留在自己的阴部，扯起阴毛，两脚一点一点挪开，身后的光从叉开的腿间透过来，一瞬间，阴部浮现在光线里，而她的手指，便非常优雅地沉到自己阴部的金色纤毛里。鸟没有时间等待这位色情狂姑娘达到高潮，就从门前走了过去，但他对她颇有一点近似喜爱的怜悯。不过，在鸟羞耻的感觉四周，除他自己以外，不可能对其他的存在产生持久的兴趣。当鸟快要走出回廊的时候，那个系宽皮腰带和鳄皮表带的矮个子辩论家追了上来。他也对鸟摆出一副昂然威慑的态度，一蹦一蹦地，似乎是想补偿身高的差距，与鸟并肩走着。然后，他仰起头，望着鸟，好像下定了决心似的大声喊道：

"你不斗争是不行的呀！不斗争就会吃亏，要斗争，斗争！"

鸟只是默默地听着。

"斗争，和医院方面斗争呀！特别是要和医生斗争！我今天一直都在斗争，你听见了吧？"

鸟想起了这个矮个子男人的新造词"白便"，点了点头。矮个子是想把斗争向有利于自己的方面推进才虚张声势，故意造出"白便"一类的词的。

"我的孩子没有肝脏，我要是不和医院战斗，说不定要被活体解剖了呢。这可是千真万确！在大医院，你要想事情办得顺利，必须做好斗争的准备！老实巴交，老想讨人喜欢，那是不行的哟。陷于绝境的病人比死人还老实，我们这些家属可不能也那样老实呀。斗争，斗争！上次我对他们说，如果孩子没有肝脏，就给加个人造肝脏。要斗争，就必须研究战术，所以我学了一些知识。我听说没有直肠的孩子装了人造肛门，所以我告诉他们，不可以考虑装个人工肝脏吗？比起肛门，肝脏不是更高尚吗？"

他们走到医院本部的大门口。鸟感觉到矮个子男人是想逗他笑，当然他现在毫无发笑的心情。为了辩解自己的满脸忧伤，他问：

"到了秋天能恢复吗？"

"恢复？不可能！因为我的孩子本来就没有肝脏！我只是为了斗争，只是为了把这座大医院的两千名职员当作敌人，挨个儿斗争。"矮个子男人脸上闪现着独特的哀伤与弱者的威严，让鸟深受刺激。

矮个子要用自己的三轮摩托送鸟到附近的国营电车站，鸟谢绝了。他顶着毒辣辣的阳光，独自走向医院前面广场上的公共汽车站。现在鸟开始考虑入院手续需要的三万日元，他已经决定从哪儿挤出这笔钱了。而当这计划浮现在脑海的那一瞬间，一种毫无对象的绝望式愤怒替代了刚才的羞耻感，令鸟震颤不已。鸟确实有三万多日元的储蓄，但那是他为了到非洲旅行而积攒起来的第一笔资金。现在看来，这三万多日元不过是一种愿望的标志而已，但连这标志眼看着也要被毁掉。对鸟来说，除了两种地图，其他与非洲之旅直接相连的东西，已经一无所有了。身上的汗珠被吹干了，鸟的嘴唇、耳朵、指尖却感觉又湿又凉。站在等车人的队列末尾，鸟像蚊子哀叫似的咒骂道：什么非洲，简直是笑柄。站在他前边的一位老头想回头，秃顶的大脑袋转到一半，又慢慢转了回去。所有的人都被突然提前来临并笼罩了这座城市的暑热给打垮了。

鸟懈怠无力地闭着眼睛，一边打着冷战，一边流汗。不一会儿，他闻到自己身上散发出的一股难闻的味道。公共汽车一直不来，天气炎热。鸟的脑袋里翻卷着羞耻的感觉与毫无目标的愤怒，红红的暗影向四周扩散。他完全感觉不到身外的光线和声响。随后，在鸟脑海的暗影里，性欲的萌芽萌生了，并像小橡树一样很快就长了起来。鸟仍然闭着眼睛，手拨弄着裤子，摸到了硬邦邦地勃起的生殖器。他怀着卑微而凄惨的渴盼，希望进行那种有悖社会规范的性交，把侵蚀到他内心的羞耻感完全裸露在光天化日之下的性交。鸟离开等车的队列，他努力在强烈阳光里睁开眼睛，一边望着犹如黑白反转照相底片似的广场风景，一边寻找出租车。鸟准备去火见子那白天也遮挡得严严实实的房间。如果火见子拒绝我，那该怎么办？鸟像鞭笞自己似的焦躁地想，那我就把她揍个神志昏迷，然后再干。

7

鸟面色苍白、心力交瘁地把话说完，火见子便叹息道：

"你想和我一块儿睡的时候，总是状态最坏的时候，鸟。现在的你，是我看到的最糟糕的鸟啊。"

鸟固执地沉默着。

"即便如此，我也和你睡，鸟。因为打他自杀以来，对于我来说，追求纯洁道德的兴趣没有了。并且，即便你想和我用最猥亵的方式干，我也能在性交中发现genuine的东西。"

genuine，纯种的，地道的，真正的，纯正的，诚实的，严正的，真挚的，预备学校的英语讲师鸟就这样在脑子里排列开对应的译词。他想，现在的自己离这些意义都太遥远了。

"你先上床吧，鸟，我要洗洗。"

鸟慢腾腾地把汗渍渍的衣服全都脱了下来，仰脸朝天地躺在半旧的毯子上。他的后脑勺垫着自己握起的双拳，眼睛向下瞥着自己略略蓄着一些脂肪的肚子和稍稍勃起的白白的生殖器。卧室和浴室之间的拉门敞开着，火见子就那样背对着西式马桶弯下腰，用力裂开两膝，一只手提着大水壶，一只手咔哧咔哧地洗自己的生殖器。鸟盯着看了一会儿，想，这可能是她从外国男人那里学来的智慧吧。然后，鸟又平静地看着自己的肚子和生殖器，耐心等待着。

"鸟，今天有怀孕的危险，你准备好了吗？"火见子洗完了身子，用一条大浴巾擦拭着溅到身上、胸前的水，问道。

"不，没准备。"

"怀孕"这一词语所燃起的棘刺又深深地扎到鸟软弱的心上。鸟"啊"地发出一声低低的悲叫。棘刺深深扎到鸟的内脏，并不断地燃烧着。

"那么，来想个办法吧，鸟。"火见子说着把水壶丢到床下，发出像打桩子似的声响。她边用浴巾擦拭身子，边爬到鸟的身旁。鸟赶紧用一只手把自己萎缩下来的黑乎乎的生殖器罩住，说：

"突然就不行了，火见子，完全不行了呀。"

火见子的呼吸健康而有力量，她一边反复打量着鸟，一边继续用浴巾在侧腹和乳房间来回擦，像是在推测鸟说的话到底是什么意思。火见子身体上的味道，唤起了鸟学生时代酷暑时节的各种记忆，几乎让他窒息，是那种湿漉漉的皮肤曝晒在阳光里的味道。火见子像只小狗崽似的皱着鼻子，发出单纯而干涸的笑声，鸟一下子涨红了脸。

"只是那样一种感觉吧，鸟？"火见子若无其事地说。然后，她把浴巾往脚下一扔，把自己小小的乳房像牙齿似的挺过来要压到鸟的身上。鸟立刻孩子气地变成了一个出于本能反应而拼命防守的武术选手。他一只手仍然紧紧地护住生殖器，另一只手则直直地向火见子的腹部击出。鸟的手掌一下子软绵绵地陷到火见子的肚子里，他顿时觉得毛骨悚然。

鸟赶快辩解："刚才你嚷嚷'怀孕'，这个词不该说的。"

"我没嚷呀！"火见子愤愤地打断他。

"对我来说，反应太强烈了，'怀孕'这个词不能说呀。"

赤身裸体的火见子可能是受了使劲盖住生殖器的鸟的影响，她也用两手捂住胸和下腹。他们像古代赤身裸体的角斗士，首先护住自己最弱的部位，然后再竖起眼睛窥伺对手的举动，一步也不退让。

"怎么了，鸟？"火见子渐渐理解了事情的严重性，改变了音调。

"中了'怀孕'这个词的毒了。"

火见子两膝合拢，向鸟的腿旁挪了挪身子。鸟在狭窄的床上扭身躲开，给火见子让开一块地方。火见子抽开一直捂在乳房上的手，指尖温柔地放在鸟遮住生殖器的手掌上，安宁而充满信心地鼓励鸟说：

"鸟，我能让你绷绷地硬起来。从储材场那天到现在，时间可不短了啊！"

鸟陷入了孤立无援的阴郁情感里，默默地忍受着火见子的指尖在自己手上痒痒地运动。我能解释清楚自己的事情么？鸟很怀疑。但无论如何，他必须做出解释，才能打破僵局。

"并不是技术的问题，"鸟说，他把目光从火见子那充满严肃与忧伤的乳房移开，"是恐惧心理的问题呵。"

"恐惧心理？"火见子问，她像是在绞尽脑汁地寻找可以开玩笑的话题。

"我是害怕那个又深又暗、创造出那样一个怪胎的地方。"鸟也想用半开玩笑的语气说，但结果他的解释还是沉重而阴郁，"最初看到头缠绷带的孩子，我想到了阿波利奈尔。说起来够多愁善感的，但我确实觉得孩子像阿波利奈尔一样，头部在战场上负伤，在我完全不熟悉的坑坑洼洼的黑暗场上，他孤身奋战，身负重伤（鸟说着，想起了自己在急救车里流下的甜蜜的泪水，那是可能获得拯救的泪水；但今天，我在医院走廊上流下的耻辱泪水，那已经是不可救药的了），我的软弱无力的生殖器，无法面对那样的战场。"

"但那应该只限于你和鸟夫人之间，不是吗？这应该是在她身体恢复以后，你和她第一次发生性关系时感到的恐惧。"

"如果我和妻子重新开始的话，"鸟感到数周以后的难题提早逼迫了过来，"恐惧，再加上和自己孩子近亲相奸似的感情，一定会让我苦恼不堪。那样的话，我的这家伙就算是钢铁做的，也得软了。"

"可怜呀，鸟。要是给你足够的时间，你能列出一百条自卑心理来维护自己的阳痿呢，鸟。"

火见子俯卧在鸟身旁狭窄的空间里嘲笑道。席梦思支撑着两个人的重量，像吊床似的凹陷了下去，鸟不断地缩着身子，火见子压抑的呼吸声则在耳畔不断威胁着他。如果她的欲望开关已经打开，那我不能不为她做点什么吧。可是，我的生殖器像鼹鼠崽一样又瞎又软，无法伸到那阴湿而复杂的皱褶深处暗渠尽头。默默横卧在那里的火见子耳垂热乎乎地挨到鸟的太阳穴，似乎有数千只欲望的牛虻袭上她疲惫的身体。鸟打算用手指或嘴唇、舌头一点点地消解火见子的欲望，但昨晚火见子说过那像手淫，她不喜欢那样。如果现在说出自己的想法，被火见子以同样的言辞拒绝的话，我们将会互相蔑视对方！要是火见子属于那种有性虐待兴趣的女人，那我们总会有办法干得好的。只要不和那灾厄之源的凹坑牵连上，我什么都可以干。即使被打、被踢、被踩，我也能心平气和地忍受；即使喝她的尿，我也不会犹豫。在至今为止的生涯中，鸟第一次发现了自己嗜虐的部分。他刚刚踏进羞感的深潭，甚至在这些小小的耻辱里，也感到了自虐的诱惑。人就是这样倾向于受虐主义的吧，鸟想。也许应该更直率地把"人"说成"我"更合适。将来，我这个受虐狂四十岁的时候，回顾今天这一切，也许会把今天作为信仰受虐主义的纪念日。鸟不断追赶着自己过分自我中心式的颓废妄想。

"哎，鸟。"

"啊，什么？"她终于开始进攻了，鸟做好了思想准备。

"你必须尽早破除自己制造的性禁忌。不然，你的性世界就会扭曲了。"

"是这样，现在我正在想着性受虐狂的事情呢。"鸟故意试探说。他卑劣地期待着火见子能上"性受虐狂"这个词的钩，也同样卑劣地试探她，说我也常常想到施虐狂呢。鸟甚至连性倒错者那种不顾一切的正直也不具备，他正处于羞耻感的毒害所招致的颓废极端中。

火见子惊讶地沉默了一会儿，并没有去深究鸟的深意，说：

"鸟，为了克服恐惧心理，必须正确地限定对象，孤立恐惧心理。"

鸟沉默不语，一时不能理解火见子的意图。

"你感到恐惧的，是阴道、子宫这些局部部位，还是女性的整体，比如说像我这样一个女人的全部存在？"

"我想是阴道和子宫吧，"鸟略一思忖，说，"你和我陷入的灾难并没有直接关系，但我之所以在你的裸体前感到胆怯，是因为你有阴道和子宫，只是因为这个。"

"如果是这样的话，那只要把阴道和子宫排除在外，不就可以了吗，鸟？"火见子认真而冷静地说，"如果你恐惧的对象只限于阴道和子宫，那么，你必须打击的敌人就只住在阴道和子宫里，鸟。你到底害怕阴道和子宫的什么呢？

"就像刚才说的那样，我感觉，那深深的隧洞里，用你喜欢的词说，存在着另一个宇宙。我觉得那是一个黑暗的、漫无边际的、聚积着所有非人性事物的奇怪的宇宙。一进到那里，便陷入了另一个层次的时间体系，永远无法回归，所以，我的恐惧感，有的地方很像宇宙飞行员的恐高症。"

鸟预感到在火见子的理论面前，自己的羞耻心将遭到刺激，便企图用韬晦的语言支吾过去。然而火见子却直截了当地追击道：

"除了阴道和子宫，你觉得对女性的肉体并没有什么特别恐惧的地方？"

鸟踌躇了一下，又涨红脸道："也算不上多么重要，乳房……"

"如果你从我背后来，那就不会引起恐惧感了吧。"火见子说。

"可是……"鸟想打断她。

"鸟，"火见子完全不理睬鸟的抗议，"我想你是容易获得小男孩们好感的一类人物，不过，你没和他们睡过吗？"

接着，火见子向鸟谈起了一个足以彻底毁坏他"性道德纯洁趣味"的计划。鸟受到了强烈冲击。真的感觉如何，可以另当别论，但火见子的计划使鸟从自我执迷中超脱了出来。他想，火见子大概不能不忍受相当的苦疼，身体也可能迸裂流血，也许两人浑身都要沾满污物。可是，突然间，鸟感到与厌恶感如绳子般拧绞在一起的新的欲望涌了上来。

"从身后来，你不感到屈辱吗？"鸟喃喃地说，充满欲望的声音低而嘶哑，表明了他最后的犹豫。

"那年冬夜在储材场上浑身沾满血和泥土、木屑，我也没有感到屈辱啊。"火见子鼓励鸟道。

"那么，"鸟说，"你也快乐吗？"

"我现在只想为你做点什么呀，鸟。"火见子反驳道，但她又怕鸟尴尬，赶快温柔地补充道，"不过，我说过，不管怎样的性交，我总能从中发现 genuine 式的东西。"

鸟缄口沉默。然后，他躺在床上，一声不响地看着火见子一会儿从梳妆台的一排瓶子里选出一只小瓶，一会儿走进浴室，一会儿又从壁柜里拿出一条大浴巾。不安的潮水缓缓地涌了上来，仿佛要吞没鸟。鸟突然抬起身，拾起一直倒在床边的威士忌，对着瓶嘴喝了一口。在医院门前的广场，阳光暴晒下的公共汽车站上，我曾向往最坏的充满污辱的性交，而现在，这将成为现实。鸟想着又喝了一口，随后躺下。生殖器坚硬挺起，脉搏剧烈跳动。火见子返回床上，她神情忧郁，几乎不忍正视鸟的脸。鸟想：火见子是不是也被什么欲望纠缠着呢？鸟满足地感觉到，一丝微笑从自己的唇边延展到脸颊。我已经越过了最初也是最大的羞耻之墙，我好像是在无限的时间里跳栏赛跑，将不断地跳越一个个羞耻的横栏。然而，火见子却从鸟的身上，发现了与他意识相反的兆头，说道：

"鸟，没什么不放心的，大概没什么大不了的。"

……一开始，鸟对火见子还心存顾虑，但在反复失败的过程中，鸟觉得自己似乎在被一种细小滑稽的声响和奇怪的味道所嘲弄着，他起而反抗，渐渐地，除了极端利己的自我执迷之外便什么也感觉不到了。他已经忘记了火见子，一旦感觉到了自己的成功，就立刻匆忙地全身投入。那软绵绵的乳房，野兽般粗野的生殖器，我都讨厌。我渴望独自一人达到高潮，我不愿意让女人盯着自己性交时的面孔。鸟的脑海里断断续续地闪现出这样一些念头。这是抵达快乐之前的预兆。留心女人的高潮，事先登记好怀孕责任的性交，那是故意给自己套上枷锁晃动光屁股的奋斗。我现在是用最污辱女人的干法蹂躏着女人，在鸟烈烈燃烧的头脑里，响起了这样的喊声。所有最卑鄙的事情我都能干，我就是可耻的化身，我的生殖器所感觉到的那热乎乎的东西，正是我自己。鸟想着，紧接着几乎让他头昏眼花的性高潮猛烈地袭来。

正当鸟快乐得发抖的时候，火见子发出了尖锐而痛苦的悲鸣。鸟在半昏迷状态中听到了这叫声，突然像憎恨得无法忍受似的，一口咬住了火见子的肩膀，令她发出了一声更凄惨的悲鸣。鸟睁开眼，看到一粒鲜艳的血滴，从火见子贫血的耳垂滴落到脸颊。鸟又呻吟了一次。高潮过去，鸟意识到自己对火见子干了最卑劣的事情，立时呆若木鸡。如此非人性的结合之后，火见子和自己之间，还能恢复人与人之间的正常关系吗？鸟惶恐不安。他趴在床上，喘着粗气，想就这样自生自灭。可是，火见子的喃喃絮语，却像平日一样静谧而安详：

"鸟，就那样，别用手摸，到浴室来，我帮你好好洗干净。"

鸟深感吃惊，同时也获得了拯救和解放。火见子像服侍半身不遂的病人一样服侍侧着身子红着脸的鸟。鸟的惊讶渐渐沉到心底扎下了根。确实，他遇到了性生活的行家。从那年冬夜起，他的这位女友，又走了多么遥远的路啊！鸟为了多少报答一下火见子，用消毒液给她洗肩膀上的伤，那是他自己咬出来的三处不规则的伤口。他洗得很细心，但动作却像孩子般笨拙。火见子的脸颊和眼睑都恢复了血色，鸟这才放下心来。

鸟和女友重新躺在换过床单的床上，他们的呼吸均匀而协调。鸟觉得火见子的沉默有些令人担心，但即便如此，她的呼吸安稳而祥和，凝视着黯淡半空的眼神温和宁静，这给了鸟无限的安慰。并且，鸟自身也失去了探究心理的兴趣，深深沉浸在了平和的感情里。鸟心怀感激，而这感激并不仅仅对于火见子，更多的还是对于那绝不会持久的平安的感谢，那是他在充满了陷阱的酷烈旋涡中所发现的平安。虽然包围在鸟四周的羞耻感圆环还在扩展——事实上那羞耻的标志正刻印在远方特殊婴儿护理室里——但鸟现在正躺在温暖的平安之中，他觉得自己已经克服了内心的障碍。

"这回再来一次正常的，怎么样？我好像已经战胜了恐惧。"鸟说。

"谢谢，鸟，如果需要，就吃安眠药，一觉睡到深夜。如果醒来以后，仍旧感到恐惧的话。"

鸟同意了，他感觉自己现在不需要安眠药。鸟直率地说：

"你让我觉得安慰。"

"那当然，鸟。自从遇到了那件不幸的事情以来，你还没有得到过谁的安慰呢。这不好啊，鸟。这种时候，如果得不到一次近乎过分的安慰的话，到了需要振奋起勇猛的精神脱离混沌的时候，人就会像掉了魂似的空壳。"

"勇猛的精神？"鸟还没有认真思考过这个问题，"我什么时候必须振作起勇猛的精神来呢？"

"你当然需要振作起来呀。鸟，从现在起，不止一次地。"火见子说话的口吻里不知不觉地又增添了一份认真和威严。

鸟再次感到火见子像一位日常生活里的老战士，积累了自己无法比拟的丰富经验。毫无疑问，火见子不仅仅是性生活方面的行家，在现实世界的各个方面，她都是行家。鸟承认自己开始受到了火见子的影响。他刚刚在火见子的帮助下克服了恐惧。鸟想，自己过去有没有在性交之后，以如此纯真的心情和女人交谈过呢？性交以后，包括和妻子的性交，鸟都常常要和自我怜悯与厌恶感搏斗。鸟把这种感觉告诉了火见子，不过并没有说到自己的妻子。

"自我怜悯、厌恶感？鸟，你莫不是性发育还没有完全成熟吧？也许和你睡的那些女人也有这种自我怜悯和厌恶的感觉呢。总之，那不是愉快舒服的性交呀，鸟。"

鸟羡慕而嫉妒。毫无疑问，昨天深夜在窗外喊火见子的那位少年和鸡蛋脑袋的矮个子绅士，都曾和火见子进行过愉快舒服的性交。火见子看到鸟沉默不语，仍旧若无其事，但又显然带着一丝不快说道："和别人发生性关系以后陷入自我怜悯，再也没有比这更傲慢的人了，鸟。还不如自我厌恶呢。"

"你说得没错。可是，性交以后陷入自我怜悯的家伙，一般都没有机会得到像你这样的性专家的帮助，因而失去了自信。"鸟说。

鸟像躺在精神分析医生面前的长椅上似的，面对主治医生火见子，毫无羞涩地撒娇饶舌。说完，他一边渐渐沉入睡乡，一边奇怪地思考着：有这样黄金般的女人做妻子，那个年轻人为什么自杀呢？莫不是火见子把对那个死去了的青年的补偿，都给了鸟、那个少年和鸡蛋脑袋的绅士了吧？鸟的脑海里浮现出这样的想法。他的脑袋因为睡意的侵袭而变得迟钝、空虚，像蓄着温水似的。那个青年，就是在这个房间里，并且，就是蹬着这张床缢死的，和现在躺在这里的鸟一样赤身裸体。那天，鸟被火见子打电话叫来，像卖肉的从巨大冰柜里结了霜的牢固挂钩上卸下半条牛肉似的，帮火见子一起把那个死了的青年从挂在房梁上的绳套里卸了下来。在刚入睡时浅淡的梦境里，鸟把死去的青年和自己视为一体。他意识清醒的部分，感觉到火见子的手正轻轻地擦拭着自己沾满了汗水的身体，而在梦里，则在自己的身体上感觉到了火见子给青年擦拭遗体时那飘然翻飞的手势。我就是那死去的青年，鸟想，即将到来的盛夏也容易度过了，因为那个死去的青年身体像冬天的树一样冰冷！鸟走出梦境，颤抖着喃喃自语道，但我不会自杀，便又沉入了更深更黑的睡梦之中。

……醒过来之前，和刚刚入睡时的纯真梦境恰好相反，鸟陷入了被铠甲层层包裹起来的痛苦梦魇。他的梦呈漏斗状，从宽敞的入口进去，却必须从狭窄的出口出来。鸟的身体像齐柏林硬式飞艇*似的膨胀起来，在微明的无限空间里缓慢地向前移动。鸟是被昏暗的彼岸世界的审判官传讯来的，他苦苦思索，怎样才能瞒过审判官的眼睛，逃脱婴儿之死的责任？他预感到自己最终将无法骗过审判官们的眼睛，但同时又想申诉说，是医院那帮家伙干的。难道我无论如何也难逃刑罚吗？渐渐地，鸟对自己卑劣的行径越来越感到痛苦，于是便像一只渺小的硬式飞艇一样久久地飘浮在空中。

鸟醒了过来。仿佛在和自己身体结构不同的野兽巢穴里睡了一觉似的，身上的每一块肌肉都感到酸痛不已。他感觉浑身上下像是打了好几层石膏。我究竟在什么地方？在这么重要的时刻！鸟喃喃自语。意识还没有

---

* 齐柏林硬式飞艇：二十世纪初，由德国齐柏林公司制造的一种飞艇，兼有商业、军事用途。

从朦胧的雾霭中完全现出身姿，只有警戒心伸出了锐利的触角。在这么重要的时刻！在和怪物婴儿搏斗的时刻！鸟想起了在特殊婴儿护理室和医生的对话。危险的感觉转换成了羞耻的感觉，但危险感并没有完全消除，而是凝结在了羞耻感的内侧。鸟再一次高声叫喊："我究竟在什么地方？在这么重要的时刻！"他听到自己的声音已被恐惧感所腐蚀。接下来，鸟突然被震撼了，头像疾病发作一样摇晃着，伸出鼻子四处去嗅设在他周围的黑暗圈套。他完全赤身裸体，而在他身旁还躺着一个赤裸着身子的人。我的妻子吗？我是和刚刚分娩的妻子光着身子睡在一起吗？我还没有向她报告那畸形婴儿的情况呢。啊，这到底是怎么回事？鸟战战兢兢地伸出手，指尖触摸到身旁一个光着身子的女人的头。鸟的另一只手从女人的肩膀滑到腹部（高大丰满而又像动物一样柔软的身体，和他妻子完全不同）。这时，光着身子的女人舒缓肉体结结实实地缠住了鸟的身子。鸟完全清醒了，他看到了自己的情人，也看到了自己对女性毫无禁忌的欲望。鸟已经不顾火见子手臂和肩膀上的伤痛，像熊搂抱敌人似的抱起火见子。仍然沉睡着的火见子又大又重，鸟两臂缓缓地用上了劲儿。火见子的上身贴在鸟的胸和腹上，头向后仰去，直搭到鸟的两腕上。鸟低下头深深看着火见子的脸，这张从黑暗中浮现出来的苍白的脸，幼稚得令人心疼。不一会儿，火见子突然醒了，冲鸟微微一笑，稍稍挺起头，嘴唇贴到鸟干燥的唇上，他们就这样顺畅地移向了性交。

"鸟，我高潮到来的时候，你能忍得住吗？"火见子的声音睡意蒙眬。火见子已经做好了预防怀孕的准备，但在性冲动的刹那，她已经踏出了一步，无法后退。

"啊。"鸟仿佛接到将要接近风暴预告的船长，英勇而紧张地回答。他一面努力调整情绪，一面严加防范。这回鸟想补偿那年冬天储材场上的遗憾。

"鸟！"黑暗里火见子凄哀的叫声，和她使劲抬起来的稚气面孔搭配得极其和谐。在火见子体尝性交中独有的 genuine 的这几秒钟，鸟像配合僚友作战的战士，克制地等待着。在性高潮那一瞬间过去之后，火见子仍然长时间地颤抖不已。随后，她显示出了女性最无依无靠和柔软细腻的一面，像吃饱了肚子的小动物一般咕咕哝哝地叹息着，在鸟的怀抱里沉沉睡去。鸟觉得自己像是一只呵护鸡雏的母鸡，他嗅着火见子头上散发出的健康汗味，用胳膊支撑住自己的体重，不让自己的身体压在她的身上。欲望已经亢奋到了极点，但鸟不想妨碍火见子的正常睡眠。他已经放弃了几个小时之前占据了脑海的对女性的诅咒，完全接受了现在这个最具女人味的火见子。并且，他感到她是他最敏锐的性伙伴。不一会儿，鸟听到了火见子安宁的鼾声。鸟小心翼翼地想抽开身体，但他的生殖器感到了一种柔和而温暖的握手，火见子睡梦里还在设法挽留客人，鸟体味到了虽然细微但很纯粹的性满足。他愉快地微笑着，很快就进入了梦乡。鸟睡着了。他的睡梦再次呈现漏斗状。他笑眯眯地游入睡眠的海，但是，当他返回陆地的时候，又被令人窒息的梦魇纠缠住了。鸟流着泪逃出了梦境。鸟醒来的时候，火见子也已经睁开眼睛，正不安地望着他的眼泪。

8

　　鸟一手提着鞋子，一手抱着装了五个葡萄柚的纸袋。当他登上妻子病房所在的二层楼阶时，年轻的假眼医生刚好从上面走下来。他们在楼梯上相遇。从站在上面梯阶上说话的假眼医生那里，鸟感到了深不可测的威严，但医生不过问了句："怎么样了？"

　　"还活着。"鸟答。

　　"那么，动手术？"

　　"说是在等手术，但可能在这中间孩子就会因为身体衰弱死掉。"鸟感到自己向上仰着的脸一阵红。

　　"那很好呀。"假眼医生说。

　　鸟的脸渐渐红成一片，嘴唇痉挛般抖动不已。鸟的极端反应，使假眼医生的脸也红了。他的目光直盯着鸟头上的半空，喋喋地说：

"婴儿的脑病，我还没对您夫人说，只说是内脏不好。本来脑也属于内脏，所以不是撒谎。完全的撒谎，可以应付一时，但一旦谎言败露，就必须再编另一个谎言了。"

鸟说："啊。"

"那么，再见。如果有什么事，别客气。"

鸟和假眼医生相互端端正正地鞠躬致礼，然后擦肩走过。鸟回味起刚才医生的寒暄：那很好呀！在等待手术的过程中衰竭而死，既避免了抱回手术以后变成植物人的孩子，也避免了亲手弄死自己的孩子，只是站在一旁，等待孩子在现代化的病房里洁净地衰弱死去。并且，在这期间，忘掉孩子的事情，也不是不可能的。这就是鸟的工作。那很好呀！深暗的羞耻感又复苏了，他觉得身体僵硬起来。他和身旁来来往往的那些穿着各色合成纤维睡衣的孕妇和刚刚生过孩子的女人们，也就是肚子鼓鼓蠕动着的人们和还没有脱离鼓肚子习惯的人们一样，错着小步向前走着。鸟的大脑里的子宫，仍然包孕着一个不停蠕动的羞耻硬块。和鸟擦肩而过的女人们傲然地盯着鸟，每当这种时刻，鸟总是懦怯地低下头。这就是目送鸟和奇怪的婴儿乘急救车出发的那群宛如天使的女人。一个荒唐的念头突然袭来，出发以后鸟的孩子的一切，可能她们都知道了。也许，她们像口技艺人一样，在喉咙里这样咕哝：现在那孩子被收容在高效率流水作业的婴儿屠宰工场，正安详地衰弱下去，很快就会死的。那很好呀！

众多婴儿的哭声旋风似的袭来。鸟慌慌张张扫视四周的眼睛与婴儿室并排排列的婴儿床上的孩子相遇后，立刻逃似的一溜小跑。其中几个婴儿好像都回过头在注视着鸟。

在妻子病房的门前，鸟认真地闻了闻自己的手、胳膊、肩，然后又嗅了嗅胸。如果妻子在病床上把嗅觉锻炼得很敏锐，闻出了火见子的味道，那鸟陷入的纠纷将会多么复杂？鸟回头看看，想要准备好逃路的样子。那些身着睡衣的女人，伫立在走廊的暗淡角落里，皱着眉，正盯着鸟。鸟想做出愁眉苦脸的样子，但最终只是懦弱地摇摇头，转过身，怯怯地敲门。鸟在扮演突然倒了霉的年轻丈夫的角色。

鸟一走进病房，就看到在闪闪辉映的绿色中，背对着绿叶茂盛的窗子站着的岳母，支着两腿盖着毛毯、黄鼠狼似的抬头向这边窥望的妻子，都是一副受了惊吓的神情。鸟想，这两个女人惊恐悲伤的时候，脸形和体形的角角落落都明显表现出血脉相承。

"对不起，惊扰你们了。我敲了门，但敲得很轻。"

鸟这样向岳母解释着，走近妻子的床边。妻子叹息似的说："啊，鸟。"渐渐溢满泪水的疲倦的眼睛凝视着他。现在，他的妻子一点妆也没化，皮肤黑黑的，鸟觉得和数年前初次与这位男孩打扮的健壮网球选手相遇时的感觉很像。鸟感到自己暴露在妻子的视线里，简直无处躲藏。于是，便把装葡萄柚的袋子放在毛毯边，弓着腰像要躺下去似的，把鞋贴床边放下。他哀怨地想，要是能这样像螃蟹一样，边爬边说话就好了。接下来，鸟勉强露出一丝微笑，直起身子，故意做出唱歌般轻松的调子，说："哎，疼痛已经完全止住了吧？"

"周期性疼痛还有啊，时不时地还出现痉挛性收缩。不疼的时候，不知为什么，情绪也不好，要是一笑，立刻就疼起来。"

"现在是最糟糕的时候呢。"

"嗯，最糟糕的时候呀，鸟。"他的妻子说，"孩子怎么样？"

"怎么样，那个假眼医生解释过了吧？"鸟还是想保持唱歌似的语调，同时又像没有自信而一个劲儿回头看教练员的拳击手似的，把目光溜向岳母。

岳母站在他妻子对面床和窗狭窄的空隙间，她向鸟发送秘密信号。鸟不清楚信号的具体含义，但只要他对妻子什么也不说，是不会错的。

"孩子究竟怎么样了呢？"妻子问，声音里满含着自我封闭的孤独气氛。

鸟明白了，满腹疑团的妻子用同样的调子、同样的言辞，已经孤独无依地喃喃自语了数百次了。

"是内脏不好啊，医生没有详细解释。可能还在研究吧。那座大学附属医院，实际上也够官僚了。"鸟说，同时他闻到了自己谎言的恶臭味。

"需要那么认真检查，我想是心脏吧。可是，为什么会心脏不好呢？"妻子无可奈何地说。鸟觉得自己又想学蟹爬行。

于是，鸟故意用一种少年气盛的粗暴语气对妻子和岳母说："因为是专家在调查，目前，只能相信他们。任我们怎么猜测也无济于事。"

说完，鸟毫无自信地把不安的视线移向床的方向，原来妻子一直闭着眼睛。鸟俯望着妻子的脸，只见她眼睑肌肉松弛，鼻翼隆起，还有大得不匀称的嘴唇。他不安地想，这张脸还能重新恢复平素的均衡吧？妻子仍然闭着眼睛，身子一动也不动，像是睡过去了。然后，突然从紧闭的眼睑中涌出了一汪泪水。

"孩子生出来的那一瞬间，我听到护士'啊'地叫了一声哟。当时我想，可能出现了什么不正常的事情。可是，接下来那院长先生好像很高兴地笑了起来，所以我也不清楚那究竟是现实还是梦境。等麻醉剂的药劲过去我睁开眼睛时，孩子已经坐上急救车出发了。"妻子闭着眼睛说。

那个毛烘烘的院长！鸟的怒火直冲喉咙。这家伙竟在麻醉了的患者耳旁窃笑骚扰，如果这是他吃惊时的习惯动作，我就该提根棍子在黑影里等着，想法让他发出更高的笑声。但是，鸟不过是一时逞孩子气而已，他知道自己手上什么棍棒也没有，也不会在任何暗影里埋伏。鸟必须承认，自己已经丧失了和别人纠缠的必要依靠。为了求得妻子的谅解，鸟说："我带来了葡萄柚子。"

"为什么要带葡萄柚子？"妻子寻衅吵架般地说。鸟立刻明白自己失策了。

"啊，是呀，你讨厌葡萄柚子的味道呢。"鸟自我谴责说，"为什么我要故意去买柚子呢？"

"我、孩子，你从没有放心上，是不是？鸟，你最上心考虑的不就是你自己么？在商量我们结婚仪式的甜点、水果时，为了这个柚子，我们吵了一架，你都忘了吗？"

鸟无力地摇了摇头，然后他渐渐逃离妻子歇斯底里的眼睛，躲在妻子枕边狭窄的角落里，注视着仍在准备发送秘密信号的岳母。鸟可怜兮兮地恳求岳母援助。

"在食品店挑选水果的时候，我觉得葡萄柚子什么地方有些特别。而它怎么特别，却没细想，就买下了。这柚子怎么处理呢？"

鸟是和火见子一块儿走进食品店的。他所感觉到的柚子的特别之处，无疑投下了火见子的影子。他想：从现在开始，我的生活细部里，火见子的影子将越来越浓了吧？

"屋里只要有一个葡萄柚子，我就会对那味道焦躁不安呀。"妻子仍然紧追不舍。鸟惶恐地想，妻子是不是马上就要嗅见火见子的影子了？

"那就把柚子送到护士们那儿去吧。"岳母说着，向鸟发出了新的信号。阳光穿过窗外茂密的绿叶映了进来，岳母深深凹陷的眼睛、瘦削的鼻梁两侧，都流动着绿色的光晕。终于，鸟读懂了岳母的信号，是让他给护士送柚子回来的时候，在走廊里等着。

"我去送，护士室是在楼下吧？"

"外来患者候诊室的旁边就是。"岳母凝视着鸟说。

鸟抱着装柚子的纸袋走到昏暗的走廊。走着走着，柚子的味道散发了出来，鸟的胸、脸，好像都染上了柚子香味的粒子。鸟想，肯定有一闻柚子味就气喘的家伙。随后他又想，躺在床上焦躁不安的妻子，眼圈染着绿晕、发送歌舞伎舞蹈似的信号的岳母，还有正在考虑柚子和气喘关系的自己，无论谁，大家做的事情都像在演戏。是在演戏，演戏。只有头上长着瘤子，被用糖水换走了牛奶因而不断衰弱下去的孩子不是演戏。即使如此，为什么不用白水，而用糖水呢？不给牛奶，不就越渗透出往冒牌货里掺点什么调料的卑鄙策略吗？鸟把柚子口袋递给闲班的护士，本想寒暄几句，但像小学时代的口吃病又犯了似的，他突然一句话也说不出来了。鸟狼狈地沉默着，点了一下头，便匆忙拔腿往回返。身后响起了护士们响亮的笑声。演戏，演戏。无论什么，都像在演戏，都不是真的。这是为什么呢？鸟歪着头，屏住呼吸，一步三阶地往上走。通过婴儿室时，他提醒自己留心不要向里张望。

岳母拎着药罐，在患者家属和陪护人共同使用的炊事室前，昂扬地挺着上身伫立着。鸟走近岳母身旁，看到岳母的眼睛四周绿叶返照的光晕已经退去，代之而来的是一种极度的空虚感。鸟为此感到吃惊不已。他感觉到，与其说岳母昂然挺立，不如说她已经极度疲劳和绝望，以至于身体自然性的柔软也已丧失殆尽。鸟和岳母一边张望着对面仅距五米之远的妻子病房的房门，一边简略地相互问答。当岳母听到鸟说孩子还没死，便责怪说：

　　"不能早点处理吗？要是她看到了孩子，非发疯不可。"

　　鸟被威吓得默不作声。

　　"要有亲戚是医生就方便了，可惜！"岳母孤独地叹息着说。

　　我们是卑鄙者的同盟，是卑鄙的自我保护者同盟，鸟想。然而鸟担心，在走廊两侧关闭着的一个个房门后，或许就立着默不出声、把充满好奇的耳朵贴在门上的患者。他一边警戒着，一边报告说：

"喂的牛奶量减少了，用糖水代替牛奶喂他，主治医生说，这几天可能会有结果的。"

这时，鸟看到环绕岳母身体四周瘴气似的东西消失了，灌满了水的药罐像沉重的锤子挂在她的手臂上。岳母慢慢点点头，充满睡意似的细声说："啊，是么，是么？"随后又补充说："等这一切结束以后，孩子异常的事就只当是我们两人的秘密吧。"

"嗯。"鸟同意这一约定，他没有说已经和岳父讲过了。

"如果不这样，她不会再生第二个的，鸟。"

鸟点头赞同，但对岳母生理反应似的排斥渐渐高涨起来。岳母走进炊事室，鸟独自返回妻子的病房。这样简单的策略，妻子看不破吗？所有的一切都像演戏，并且这是登场人物只会背诵欺瞒人的台词戏，鸟想。

鸟走回妻子近前，妻子已经忘记了刚才因为柚子而发作的歇斯底里。鸟在妻子床边坐下，妻子突然伸出手，充满爱怜地摸着鸟的脸颊，说："太憔悴了。"

"嗯嗯。"

"像阴沟里的水耗子一样寒碜呢，鸟。"妻子趁鸟不注意来了个突然袭击，"像只鬼鬼祟祟想往洞里跑的水耗子呀，鸟。"

　　"是么，我像个想逃跑的水耗子么？"鸟苦涩地说。

　　"妈妈担心你是不是又开始喝上了，鸟。你那无休无止的喝法真怕人，白天晚上，喝起来没完。"

　　鸟记起了自己整日整夜沉醉不醒的感觉：火烧火燎的脑袋、干得冒烟的喉咙、疼痛的胃、沉重的身体、失去知觉的手指、酒精麻痹的大脑，那一连数周闭锁在威士忌屏障里的地窖生活。

　　"如果你又开始喝上了，我们的孩子需要你的时候，你会醉得人事不省的，鸟。"

　　"我，不会再那样没完没了地喝了。"鸟说。

　　确实，他曾连醉一个昼夜，但未再求助酒精就逃了出来。不过，如果没有火见子帮助，那会怎样呢？他难道能不重蹈覆辙，重复一连几十小时的黑暗而痛苦的漂流吗？鸟既然不能说出火见子，就实在很难说服妻子和岳母，让他们相信他对酒的抵抗力。

"真的，我希望没事呀，鸟。我有时这样想，在非常关键的时候，你却酩酊大醉，或者陷到奇怪的梦里，真的像只鸟似的飘飘地飞了起来。"

"都结婚这么久了，你还对自己的丈夫这样不放心啊？"鸟像开玩笑似的亲切地说。但妻子并没有上他的甜蜜圈套，反而这样摇撼着鸟：

"你常常在梦里用斯瓦希里语*喊着去非洲，对此我一直沉默，你确确实实是不想和自己的妻子、孩子一起生活呀，鸟。"

鸟凝视着妻子放在他膝上的瘦削而肮脏的左手掌，一言不发。然后，他像一个孩子似的，既承认自己淘气，又试着对别人的批评进行无力抗议地说：

"你说是斯瓦希里语，但究竟是什么样的斯瓦希里语呢？"

"不记得了，我当时也半睡半醒，并且我也不懂斯瓦希里语。"

---

* 斯瓦希里语："斯瓦希里"（Swahili）在阿拉伯语中为"沿岸"之意，其语言大量吸收了阿拉伯语词汇，亦含英语、印度语等借用语，为非洲东南部主要语言。

"那么，你怎么知道我喊出来的是斯瓦希里语呢？"

"你那像野兽叫声一样的语言，当然不可能是文明人的语言呀。"

鸟对妻子对斯瓦希里语来历的误解深感悲哀，他沉默不语。

"前天和昨天，妈妈说你住在了那边的医院里，那时我就怀疑，你又酩酊大醉了，还是逃到什么地方去了，反正是其中的一个吧，鸟。"

"我没有想这类事情的空闲哟。"

"看，脸全红了吧？"

"那是因为生气呀。"鸟给自己打气说，"我为什么要往什么地方逃呢，孩子刚刚出生的时候。"

"当你知道我怀孕的时候，你不是被各种蚂蚁群似的念头纠缠着走不出来吗？你真的盼望孩子吗？"

"不管怎样，这都应该是孩子恢复健康以后再谈的事，不是么？"鸟试探着摆脱窘境。

"是呀，鸟。可孩子能不能恢复健康，和你选择的医院，和你的努力大有关系呀。我自己下不了床，连孩子的病究竟在内脏的什么部位也不清楚。我只能相信你呀，鸟。"

"哎，请相信我吧。"

"我在考虑孩子的事情能不能信任你的时候，才发现并不完全了解你。你是那种牺牲自己为孩子负责的类型吗？"妻子说，"哎，鸟，你是责任感强、勇敢的类型吗？"

如果我曾经参加过战争，那我可以明确回答我勇敢还是不勇敢，鸟屡屡这样想。在和人吵架斗殴之前，在参加考试之前，他都这样想过，结婚之前也这样考虑过。他为自己一直不能准备回答这个问题而深感遗憾。他之所以想在非洲反日常生活的风土人情里考验自己，也是因为他觉得那可能是专为自己而设的一场战争。不过，鸟觉得现在没有必要考虑战争，也没有必要考虑非洲之旅了，他已经清楚自己是一个不足信赖的卑怯的人。

妻子对鸟的沉默很不满，她把放在他膝盖上的脏兮兮的手攥了起来。鸟犹豫着是不是该把自己的手握住，他觉得妻子的拳头充满灼热的敌意，几乎碰上就会被烫伤。

"鸟，在一个弱者最关键的时刻抛弃了他。你不就是这种类型的人吗？你抛弃过一个叫菊比古的朋友吧。"妻子说，并像监视鸟的反应似的，大大睁开疲惫迟钝的眼睛。

菊比古？鸟想。当鸟还是地方城市的小地痞的时候，菊比古是一直跟着他胡混的朋友。鸟曾带着菊比古到邻近的一座城市去体验一种奇怪的生活。他们接受的工作，是寻找一位从精神病院逃出来的疯子，整夜骑着自行车在城里转。年轻的菊比古渐渐对这个工作讨厌起来，最后甚至把从医院借来的自行车也弄丢了。而鸟，却耐心地向市民们打听疯子的情况，后来又十分着迷地调查疯子的人格，一直热心地寻找着。据说疯子恐惧地把这现实世界看作地狱，把狗看作乔装的魔鬼。因此，天快亮的时候，本应放出医院的狼狗群来搜索，但不论谁都说，如果被狼狗围住，疯子会吓死的。于是，鸟一刻也不休息，一直搜索到天亮。当菊比古没完没了地说不干了，要回家的时候，鸟怒火升腾，狠狠地把菊比古羞辱了一顿。他把菊比古是美国占领军一个文化情报员同性恋伙伴的事给公开了。菊比古乘末班火车回家途中，看到鸟仍然骑着自行车在寻找着，便从车窗里探出头，拖着哭腔喊：

"鸟，我害怕呀！"

可是鸟把可怜的菊比古抛在了脑后，仍然去搜寻他的疯子。结果，是在市中心的山上发现了吊死的疯子。但这一经验促成了鸟的一个转变期的到来。那天早上，在装着疯子死尸的三轮摩托车上，鸟坐在驾驶员的身旁，像他自己预感到的那样，宣告了自己与孩提时代彻底告别。第二年春，他考进了东京的一所大学。朝鲜战争爆发的时候，鸟当年那些在地方城市游手好闲的伙伴都被强制征入警察预备队送到朝鲜去了。那个夜晚我与之断交的菊比古后来怎么样了呢？鸟想。从他已经逝去的时光暗影里，旧日友人的小小亡灵浮现了出来，好像是在对他寒暄招呼。

"可是，你为什么想起用菊比古的故事来攻击我呢，我连跟你说过菊比古的事都忘记了呀。"鸟说。

"因为我想过，要是生个男孩子，就给他取个名字叫菊比古。"妻子说。

名字，那奇怪的孩子要是有名字的话，鸟怯怯担心地想。

"对我们的孩子，你要是见死不救，我想，我可能会和你离婚吧，鸟。"妻子说。毫无疑问，这是她支着腿躺在床上，眺望着窗外绿叶时深思熟虑的话。

"离婚？我们不离婚哪。"

"即便不离，我们也会没完没了地议论这个话题的呀，鸟。"

而那结果，就是认定我是卑怯而不足信赖的人，然后与这样一位不合适的忧郁丈夫过日子吧，鸟想。现在孩子正在那非常明亮的病室里一天天地衰弱下去，而我，只是在这里等待他死亡。但妻子却拿我们未来的生活打赌，来考验我究竟是否对孩子的健康恢复尽了责任，我似乎是在玩一场败局已定的游戏。

即便如此，在现在这时刻，鸟也只能尽他的责任。

他极为遗憾地想，嘴上则说："孩子不会死的。"

岳母这时端着红茶回来了。她想掩饰刚才和鸟在走廊里内容深刻的谈话，妻子也不想让母亲感觉到自己与鸟之间的紧张，因此，三个人边喝红茶边聊天的时候，便开始出现了日常家庭生活的氛围。鸟努力想掺和一点幽默，讲起了那个没有肝脏的孩子和那孩子父亲的故事。

为了慎重起见，鸟回头看了看对面茂密的街树遮掩的医院窗口，确认那里已经完全被绿叶隔住了，这才转身走向那辆红色的跑车。火见子像裹着睡袋似的，身子横在方向盘下，头枕在低低的安全带上睡着了。鸟弯下腰摇晃火见子，同时产生了一种逃离外人的围困回到真正属于自己的家里的心情。他又回头看了看微风摇动的茂密的银杏树树梢。火见子像美国女学生似的招呼了一声"嗨，鸟"，抬起身给鸟打开车门，鸟急急地钻了进去。

"能先开到我的住处吗？然后想去孩子住院的医院，再顺路去一下银行。"

火见子把车启动起来后，立即哧哧地急忙加速，鸟的身体一下失去平衡。他就那样倾在坐席上，向火见子说明到他们夫妇租住的房子那儿去的路线。火见子的粗野开车方式，让鸟充分体味到晕船似的味道。

"你还没有完全睡醒吧？你是不是想在梦境里的高速公路上飞？"

"当然睡醒了！鸟，刚才在梦里我和你性交了呀。"

鸟惊讶地问："你的脑袋里，就只有'性交'两个字吗？"

"像昨天那么少见的好的性交之后，就会一直想着这事呀。那确实是少有的，我不知道和你那样的紧张能持续多久，鸟。我很想知道我们该怎么办才能让这样难得的性交长久持续下去。鸟，我们相互面对对方的裸体哈欠不止的厌倦时刻很快就会出现的呀。"

鸟想说，我们现在才刚刚开始！但火见子开得飞快的跑车已经冲过他住宅门前的篱笆，溅起地面的碎石，驶进了院子里。

"五分钟后下来，这回请你别睡，五分钟里大概也做不成什么重要的性交梦吧。"鸟说。

鸟走进自己的房间，收拾准备住到火见子那儿去的必需用品。婴儿床摆在那里，鸟觉得像一个小小的白色棺材。他转过身，把东西塞到手提包里。最后，鸟又把一本非洲人用英语写的小说也放进手提包，从墙上揭下那张非洲地图，仔细叠好，插到自己的上衣口袋。

鸟重新坐到车里，向银行赶去的时候，火见子敏锐地发现了他衣袋里的地图，她问："那是行车交通图吗？"

"嗯，是啊，是实用地图。"

"你进银行的时候，我来找找去你孩子住的医院有什么近路，鸟。"

"不行啊，这是非洲地图。"鸟说，"非洲以外的实用地图我都没有。"

"我在祈望你真正使用这张实用地图的日子到来呢。"火见子不无嘲笑地说。

在大学附属医院前面的广场，鸟把钻到方向盘底下睡觉的火见子丢在那里，自己去给孩子办入院手续。围绕鸟的孩子没有名字的问题发生了纠纷，鸟和窗口的女护士争吵了一番后，终于郑重其事地说："我的孩子眼看着就要死了，也许现在已经死了，这样的孩子，为什么一定要取名字呢？"

护士狼狈不堪地表示让步，那时，鸟毫无理由地感到孩子已经衰弱而死，因此，他甚至向护士打听了解剖和火葬的手续。

可是接待鸟的特殊婴儿护理室医生的话立即粉碎了鸟的幻觉。

"什么？你那么着急地盼望自己的孩子死吗？这里的住院费并不贵呀，你没有健康保险证吗？不管怎么说，你的孩子虽然身体很弱，但还好好地活着呀，你好好地拿出个当父亲的样子，啊！"

鸟从笔记本上扯下一页，写上火见子家的电话号码，交给医生说，如果孩子出现了什么重要情况，请往这儿打电话。鸟感觉得到，特殊婴儿护理室的所有成员，包括护士们在内，都觉得自己是个很讨厌的家伙。因此，鸟连保育室的孩子也没看看，就直接返回了停在广场上的跑车旁。

鸟虽然是从医院的阴凉地方跑回来的，浑身的汗却一点不比睡在车里的火见子少。他们把生腥的汗味和汽车排出的废气一起抛到身后，为了在盛暑的午后赤裸地躺在床上等待婴儿的死讯，驱车出发了。

整个下午，他们都一直在注意电话机的动静。傍晚出去买菜的时候，因为担心会有电话来，鸟就留了下来。晚饭后，他们一起听收音机里播送的苏联一位著名钢琴家的音乐，但仍神经紧张地关注着电话铃，把收音机的音量放得低低的。入睡以后，鸟曾经几次在睡梦里听到电话铃响，睁开眼睛溜下床去确认。放下话筒后，他还曾经梦见医生通知他说孩子已经死了。几次醒来的时候，鸟都感到自己是处于被判缓期执行的悬空状态。但鸟现在不是孤独一人，他是和火见子一起度过漫漫的夜晚，他从这一事实里发现了意想不到的深刻而强烈的鼓舞力量。成年以来，鸟还是第一次感觉到他人的重要。

9

翌日清晨，去预备学校的时候，鸟借了火见子的跑车。在预备学校学生成群聚集的校园里，鲜红色的跑车总是散发着丑闻的气息。鸟把车钥匙取下来放到口袋里的时候，才注意到这一点。他觉得自从孩子的异常事件发生以来，自己的意识就哗啦啦地出现了一些欠缺。鸟绷着脸穿过预备学校学生在跑车外面围起来的墙。在教员室里，一副日侨派头、穿着漂亮但并不合身的短外套的矮个子外语专业主任告诉他，学校的理事长要见他。但主任的通报恰巧钻到了鸟的意识皱褶里被腐蚀的那部分，所以他没有失去平静。

"鸟，人不可貌相，胆量惊人，该这么说你，还是说你傲慢自大？你很果断哪。"主任快活地开着玩笑，同时用锐利的目光打量着鸟。

走进大教室的时候鸟还是有些胆怯。今天来上课的学生和前天的不是一个班，预备学校的班和班之间没有横向联系，今天的学生，大都不会知道我那丢人的事件吧。鸟这样想着，鼓励着自己。开始上课以后，鸟确实看到了几个好像知道自己底细的学生，但他们是东京都内的高中转到预备校的浮华都市少年，他们把鸟的行为当作英雄末路的滑稽行为来理解。每当与鸟的目光相遇时，他们甚至会送来充满亲爱情感的揶揄的微笑，而鸟却对他们的表示毫不理睬。

下了课，鸟走出教室，一个学生在螺旋楼梯口等着他。他就是前天为鸟辩护，把鸟从充满怨恨的预备校学生骚乱中救出来的那位。这位少年把别的教室的课扔在一边，特意来到阳光暴烈的螺旋楼梯等待鸟。面带微笑的少年坐在楼梯上，鼻翼上沁出的汗珠闪烁发光，蓝牛仔裤上带着干泥巴。

"喂！"

"喂。"鸟答应了一声。

"被理事长传唤了吧？那个坏蛋，真的直接告到理事长那儿去了呀。他还用小型照相机把你呕吐的证据也拍了去！"学生露出很大很整齐的牙齿，有些羞涩地笑了。

鸟也微微笑了。难道那家伙为了抓住我的缺点去告发，平时也总把小型相机带在身上吗？

"他向理事长告密说，老师酒醉没醒，上不了课了。我们有五六个同学打算出来证明，说你不是酒醉，而是食物中毒。我们想和老师统一一下口径。"学生狡猾地说。

"那天确实是酒醉没醒啊，你们错了，那个正义派人士告发得对。"鸟说着，从学生身旁擦过，沿螺旋楼梯往下走。

学生紧跟了上来，一定要说服鸟：

"可是，老师，你要是实话实说，会被解雇的呀。学校理事长就是禁酒同盟文京区支部的负责人哪。"

"别胡说！"

"季节正是这样的季节，就说是食物中毒，怎么样？你就说因为工资低，自然要吃一些不太新鲜的食品。"

"是酒醉未醒，我不想骗人，也不想要你们出来做伪证呀。"

"嗯，嗯，"学生有些出言不逊地说，"这儿的工作辞了，你到什么地方去呢，老师？"

鸟决定不理睬这个学生。他现在没有心思研究所谓新的应对策略。他现在变得极其畏葸退缩。这也与他意识的皱褶里出现了欠缺有关。

"看来预备学校老师一类的工作，你是不需要了。我看到那辆红色跑车了。理事长想辞退开这样车子的老师，也有些棘手呀。哈哈！"

鸟没有回头看身后那个放声大笑的学生，目不旁视地走进教员室。把粉笔盒和教科书放到橱柜里的时候，他看到了一封写给自己的信，是担任斯拉夫语研究会负责人的那位朋友的信。研究会的紧急会议上，已经决定解决戴尔契夫事件的对策了吧。鸟本想拆开信封读信，但他突然记起学生时代一个关于概率的迷信说法：两件内容不明的紧要事情同时出现的时候，如果一件包含着不幸，另一件就应该包含着幸福。鸟便把信原样放进衣袋，向理事长室走去。如果和理事长的谈话结果不好，鸟就有理由对衣袋里的信寄予最高期待。鸟抬头向坐在写字台里面的理事长看了一眼，立刻预感到这次会见将产生最坏的结果。但鸟做好了精神准备，不管怎样，在与理事长会见的这段时间内要保持好情绪。

"出了麻烦呀，鸟，其实我也很为难。"理事长很像企业题材小说里常见的精明的经营者，用务实而又庄重的口吻说。他在三十多岁的时候，把一所平常而普通的私塾改办成现在这样大规模的综合预备学校，现在又在筹划建立大专，是能干而走运的人。大而难看的脑袋剃得精光，戴着一副厚厚的、悬着檐滴水形圆轮的特制眼镜，相貌特征由此得到了突出强调。然而，那虚张声势的眼镜里的眼睛，一直对鸟流露着淡淡的好意。

"明白了，那是我的责任。"

"来告密的学生经常给考试杂志投稿，是个讨厌的家伙。引起大骚乱就麻烦了。"

"哎，哎，"鸟答应着，他想让理事长的情绪立刻放松，抢过话头说，"暑假的特别讲座、秋季以后的课程，我都辞掉吧。"

理事长仰头叹息，脸上浮现出悲愤交加的表情。

"但是这样对教授很不好呢。"理事长说，这大概是让鸟对岳父解释一下的意思。

鸟点了点头。他感到，自己如果不立即走出理事长室，肯定就会焦躁起来。

"可是，鸟，听说也有些人认为你是食物中毒，还去威胁那个告密者。那告密学生说是你煽动的，不会吧？"

鸟脸上的笑容消失了，严肃地摇头否认说："那么，我告辞了。"

"辛苦了，鸟。"理事长眼镜后面鼓胀的眼睛满含着感情，声音也蕴含着真实的情绪，"我很喜欢你的性格啊，实在遗憾。那么说，你确实连醉了一天一夜？"

"嗯，是的。"鸟说着退出了理事长室。

鸟没有再经过教员室，而打算从杂务室门前走到内院去。他现在完全像是遭受了无端侮辱似的，阴郁而激奋。老勤杂工已经听到了关于鸟的消息，打招呼说：

"老师，工作辞了？真让人舍不得呢。"鸟是杂务室里人缘最好的讲师。

"到这学期结束，还请多关照。"鸟觉得有些愧对老勤杂工满是皱纹的脸上浮现的表情，气馁地回答道。

走到停在内院的跑车门前弯下腰，那位一直声援鸟的学生顶着灼热的阳光正老成地皱着眉头等在那里。因为鸟是从杂务室门里突然出来的，学生慌慌张张地站起身。鸟钻进了车内。

"怎么样？咬定说是食物中毒了吗，老师？"

"不，是喝醉了呀。"鸟说。

"你看，你看！"学生很不高兴地嘲笑鸟，"老师要被解雇的呀！"

鸟插上车钥匙，引擎开始发动。突然，鸟的下半身像进入了蒸汽浴室似的，汗流不止。鸟的手指一挨上方向盘，马上烫得缩了回来。

"这畜生！"鸟骂道。

车外的学生愉快地笑了。

"丢了这儿的工作，您干什么去呢，老师？"

丢了这儿的工作，我准备干什么去呢？鸟想，还有孩子和妻子的住院费问题。但是，他那暴晒在太阳里的脑袋想不出一个有效的办法，只是大量地往外沁汗。鸟再一次茫然不安地发现了处于极度退缩状态的自己。

"去当导游怎么样？不挣应考学生那点小钱，可以大赚国外旅客的美金呀！"学生愉快地边笑边说。

"你认识什么导游介绍所之类的吗？"鸟产生了兴趣。

"马上可以调查清楚，到哪儿向你报告呢？"

"下周上课的时候，拜托了。"

"放心吧！"学生高兴而昂奋地喊。

鸟小心地把跑车开上马路。摆脱了那个学生的麻烦，鸟首先想拆开那封信看。然而车加速快跑起来后，他又觉得自己得感谢那个孩子气的学生。对于开着一辆半新不旧脏兮兮红跑车从被解雇的学校出来的鸟来说，如果没有这学生带来的开玩笑似的气氛，该多么凄惨啊！确实是由像他弟弟一样年轻的小伙伴救了他的急。鸟想着，把车开进一座加油站。稍微想了一下，他说要高辛烷值汽油，然后拆开了信。按他学生时代的那个概率玩笑，这封信百分之百会带来好消息。

戴尔契夫先生根本不理睬公使馆的召唤，现在仍然在新宿和那位不良少女同居。但戴尔契夫不是从政治方面对他的祖国不满，也不是想做间谍，更没有亡命避难的意图，他只是离不开那个日本姑娘。当然，公使馆方面最担心的是戴尔契夫事件被政治利用。如果西方势力把戴尔契夫的隐遁生活当宣传材料利用，那肯定要引起很大的风波。因此，公使馆想尽快把戴尔契夫招呼回馆，然后遣送回国。但是，如果请日本警察出面，事情就会公开化。公使馆馆员自己动手呢，作为第二次世界大战时期抵抗运动的斗士，戴尔契夫肯定会拼命抵抗，最终还是要诉诸警察。左右为难的公使馆因此请托戴尔契夫信任的日本人团体——鸟和朋友们组织的斯拉夫语研究会，希望他们秘密劝说戴尔契夫。

星期六，下午一点，在鸟的母校前面的西餐厅再次召开关于戴尔契夫的紧急会议，友人的信上写道：请与戴尔契夫最亲近的鸟务必出席。鸟想，星期六，也就是后天，我去参加吧。他把信又放回衣袋，向加油站的青年工作人员付了油钱。像蜜蜂浑身散发着蜂蜜的味道一样，那青年浑身满是刺鼻的汽油味。不必说今天，就连明天、后天，如果医院方面报告孩子死讯的电话不来，有了可以充填这段空虚烦躁时间的重要事件是很幸运的。这封信确实是一封充满魅力的好信，鸟想，同时让跑车发出猛烈的排气声，开出了加油站。

　　在食品店，鸟买了鲑鱼罐头和啤酒。回到火见子的房前，他停好车，抱着装东西的纸袋刚要登上玄关，却发现房门锁着。火见子外出了吧？鸟想。他的脑海里立刻鲜明地浮现出电话铃长时间空响的情景。鸟立时蹿起一股自私的怒火。即便如此，鸟还是小心地把纸袋倚在门旁，绕到卧室窗下，他一呼叫，火见子的眼睛便出现在窗帘的缝隙间。鸟喘着气，流着汗，又返回玄关门口。

"医院来电话了吗？"鸟满脸严肃地问。

"没有啊，鸟。"

鸟感到，他驾着红色跑车绕着夏日的东京奔驰，是一个半径庞大的徒劳行为，他被一只极度疲劳的螃蟹摄魂附体了。似乎只有医院方面孩子的死讯来了，他这天的全部行为才被赋予了意义和正确的位置。鸟抱怨说：

"你为什么大白天锁着门？"

"总觉得害怕哪，觉得会有倒霉不幸的魔鬼推门进来。"

"鬼来吓你？"鸟惊讶地说，"现在任何不幸都不会来纠缠你了吧。"

"我丈夫自杀并不是很久以前的事情呀，鸟。你是不是想自豪地说，被不幸的魔鬼纠缠的人只有你一个？"

鸟受了猛烈的一击。可是，火见子并没有再次出手，而是迅速转身返回了卧室，鸟因此幸免被击倒。鸟望着火见子裸露的丰满肩膀，跟着穿过光线暗淡且沉淀着猫肚般温热空气的客厅。鸟本想跟着走进卧室，但途中狼狈地停住了。室内弥漫的香烟烟雾下，一位和火见子同样青春已逝的大块头女人，裸露着肩膀和胳膊坐在床上。

"好久不见了，鸟。"那女人打招呼的声音从容而沙哑。

"啊。"鸟无法掩饰自己的困惑，随口应了一声。

"我不想一个人在家等医院的电话，所以把她喊来了，鸟。"

鸟问："今天你们的广播电台休息？"

这女人也是曾经和鸟在一个教室里上课的同班同学，大学毕业以后两年多里，她懒懒散散地闲逛荡。和鸟母校的多数女生一样，她觉得可以接受她就职的单位都不配她的大才，把人家都回绝了。结果，碌碌无为两年之后，她成了一个传播范围有限的三流电台的栏目制片人。

"我负责的是深夜节目，鸟，你听过几个家伙像在一起交媾似的讨厌的絮语声吧？"火见子的女友故意郑重地说。

于是，鸟想起了勇敢接纳这个女人的那家倒霉电视台的种种丑闻，并且进而清晰地想起大学时代，自己对坐在同一教室里的这位又高又胖、鼻子和眼睛像狸子似的同学的厌恶。鸟把装罐头和啤酒的纸袋放在电视机上，很客气地对两位尼古丁中毒的女人说：

"还是想办法处理一下这蒙蒙的烟吧。"

火见子去厨房开换气扇，但她的女友根本不在意烟熏疼了鸟的眼睛，染着银指甲的粗鄙的手又点上了一支烟。在镀银打火机燃起的深橙色火光中，她垂下的头发虽然掩住了前额，鸟还是看到了她过于宽阔的额头上深深的皱纹，和显露出青筋的上眼睑时不时的痉挛。鸟感觉到她和自己心存隔阂，不由得警惕起来。

"你们俩都是耐热体质吗？"

"都怕热呀，热得要晕过去了呢。"火见子的女友忧郁地回答，"不过，和好朋友慢慢聊天的时候，屋子里的空气随意流动，会不愉快的。"

火见子从电视机上的纸袋里取出啤酒，放进冰箱制冰的格层，又看了看还剩什么罐头，动作非常麻利。深夜电视栏目制片人用批判的眼光看着她。鸟想，这个女人将大张旗鼓地宣扬我和火见子的最新新闻吧，说不定会借助深夜电台的电波来传播呢。

火见子用图钉把鸟的非洲实用地图钉在卧室的墙上，他塞到提包里的那本非洲人写的小说，则像死老鼠一样躺在床上。肯定是火见子躺在床上读的时候女友来了，于是，火见子扔下书跑到玄关去开门，直到现在，书就那样扔在那里。鸟恨恨地想：我的与非洲有关的宝贝，就这样被轻慢地对待，这是不吉之兆。我这辈子大概无缘看到非洲的天空了。不要说积攒非洲之行的资金，现在，连挣每天口粮的工作也丢了。

"我被预备学校解雇了，从夏季的特别讲座开始。"鸟对火见子说。

"为什么呢，鸟？"

鸟不得已讲起了自己的酒醉和呕吐，以及那个固执的正义派的告密。话越说越沉闷不快，鸟厌烦地早早打住。

"你本来是可以和理事长抗辩的！如果有学生出来做伪证说你是食物中毒，请他们帮忙绝不是坏事！鸟，你为什么那么简单地接受校方的解聘？"火见子情绪激烈地说。

是呀，为什么我那么简单地接受校方的解聘处理？鸟想。鸟现在才开始感到刚刚失去的预备学校讲师的位置很值得留恋，不是随便开开玩笑就可以丢掉的工作。还有，应该怎样向岳父汇报呢？先天异常的孩子出生的当天，我喝得烂醉如泥，第二天早晨还大醉不醒，最后让人家给解雇了。就这样和教授直接坦白吗？还要说明，那威士忌，就是教授给我的JOHNNIE WALKER……

"我觉得，在这个世界上，完全没有自己可以要求的正当权利，只想尽可能快点结束和理事长的谈话，管它三七二十一，就那么随随便便地点头认可了。"

"鸟，现在你全神贯注地等待着自己的孩子衰弱死掉，所以就感觉失去了对这个世界的所有权利了吧？"女制片人插嘴说。

看来火见子已经把鸟遭遇的不幸全都讲给了自己的女友。

"我想可能是这样吧。"鸟说。火见子的轻率和女制片人强加于人的口吻让他焦躁冒火。鸟完全可以想象得出在广泛传播的丑闻中自己的模样。

"像你这样开始感觉自己在现实世界里毫无权利的人会自杀的。鸟，你可不要自杀啊。"火见子说。

"自杀，这太突然了！"鸟说，他从心底里受到了威胁。

"我丈夫就是在开始产生这种感觉不久自杀了的。"火见子说，"要是你也在这卧室里上吊了，我会觉得我自己真像个魔女了，鸟。"

"自杀什么的我从没有想过。"鸟斩截有力地说。

"你父亲不就是自杀死的吗，鸟？"

"你怎么知道的？"鸟吃惊地问。

"我丈夫自杀的那天晚上，你为了安慰我，讲给我听的呀。鸟，你想让我产生自杀是很普通的错觉。"

"我当时也很惊慌吧。"鸟疲倦地说。

"你还告诉我，你父亲自杀之前，打过你。"

"怎么回事？"女制片人问，她的好奇心也燃烧起来了。

鸟一声不吭，火见子只好做一次转手买卖。鸟六岁的时候，曾经这样问他的父亲：

"爸爸，出生前的一百年，我在什么地方？死后一百年，我又将在什么地方？爸爸，死了以后，我会变成什么呢？"

年轻的父亲一语不答，立刻狠狠揍了鸟一顿，鸟的嘴被打破了，满脸是血。那结果便是他忘记了死的恐怖。然而，三个月后，他的父亲却用第一次世界大战时德国军人使过的手枪对准自己的脑袋开枪自杀了。

"如果我的孩子现在死了，我至少可以逃掉一个恐惧。"鸟一边回忆父亲，一边说，"要是我的孩子长到六岁的时候也向我提同样的问题，我真不知道该怎么回答。我也下不了手那么狠地打自己的孩子，让他一时忘记死的恐怖。"

"无论如何，不要自杀啊，鸟。"

"没完没了啊。"鸟说，在微暗的光线中，把自己有些异样的目光从火见子鼓胀而充满血色的眼睛那里移开。

于是，火见子沉默了起来。女制片人像抓住了时机似的对鸟说：

"你只是这么呆呆等着自己的孩子在远方那家医院喝着糖水慢慢衰弱死掉，这不是最不可取的状态么？鸟，自我欺骗，不可靠，不安宁！你不就是因为这些而变得憔悴的么？不只是你，火见子也瘦了呀！"

"但是，取回来自己动手弄死，我干不了。"鸟反驳说。

"我以为，可能这样做更好，清楚是自己伸手干的，没有自我欺骗，鸟，不管怎样都逃不掉做个恶人。为什么非得做恶人不可呢？那是因为你们想摆脱先天异常的婴儿，保持甜蜜的夫妇生活，按利己主义逻辑这是说得通的。把血腥的事情全交给医院，自己躲在远处装出一副突遇不幸的善人面孔、忠厚老实的受害者形象，这从精神卫生方面说是很坏的呀，鸟。你自己知道吧，这就叫自我欺骗。"

"自我欺骗？确实，如果躲在一旁焦急地等待孩子死讯的我以为自己的手是干净的，那我真的是自我欺骗了。"鸟否认说，"可是我知道对孩子的死是负有责任的。"

"真的是那样么，鸟？"女制片人完全不相信地说，"我想，从孩子死的那一瞬间开始，你的头脑里里外外都会涌现出很多麻烦事，而在我看来，那是自我欺骗的报应。正是在那时候，火见子要紧张地守护你，阻止你自杀，但最终呢，鸟还是要回到受到创伤的鸟夫人那里去吧。"

"我妻子说，要是我见死不救，让孩子死了，她就要和我离婚哪。"鸟自嘲地说。

"已经被自我欺骗毒害的人，不可能如此痛快地决定自己的立场，鸟。"女制片人继续她极端恶毒的预言，"鸟，你不会离婚的，而会拼命为自己辩解，极力抹平问题，重建你们夫妇的生活。离婚这样的决断，不是你这种自我欺骗中毒者所能做出的，鸟。并且，你最终也不会得到鸟夫人的信任，自己也会从自身的私生活中发现欺骗的阴影，然后就会自我崩溃呀。鸟，你不是已经出现自我崩溃的兆头了吗？"

"这不成了绝路一条吗？你给我描画了一个完全绝望的未来呀。"鸟开玩笑似的说。那位肥胖的大块头同学则故意恶作剧似的针锋相对：

"你现在确实是在绝路上呀，鸟。"

"可是，我妻子生了个先天异常婴儿，这只是个意外事件，我们没有责任。并且，我既不是那种可以立刻把婴儿捏死的铁石心肠的恶汉子，也不是百折不挠的善人。这类善人，不管孩子的病残如何严重，都会动员所有能动员的医生，细心照料孩子，尽最大努力让他活下去。这两类人我哪类也做不成，我只能把孩子放在大学医院，等待他自然衰弱，直至死掉。即使这样做的结果是我染上了自我欺骗症，像阴沟里吃了耗子药的水耗子，走上绝境，我也无可奈何，别无他策呀。"

"并非如此，鸟，铁石心肠的恶汉、百折不挠的善人，你必须二者选一呀。"

鸟闻到屋内略带酸味的空气中掺和着酒精的味道。透过屋内淡淡的暗影，鸟看到火见子的女友大得出奇的脸已经通红，像患了面部神经疼，到处一抖一跳地痉挛着。

"你醉了吧，现在我明白了。"

"尽管醉了，我还是一直聊到现在，你不可能无病无伤地逃走吧？"火见子的朋友夸耀地说，然后，毫无顾忌地大口呼出热乎乎带酒味的气息，"话虽这么说，鸟，但毫无疑问，孩子死后遗留下来的自我欺骗问题，现在还没有到你的眼前。鸟眼下最大的担心也许是孩子不死，不断地长大起来吧？"

鸟的心都提了起来，汗又流出来，他感到自己像个咬败了的狗，长时间沉默不语。然而，鸟又沉默地去冰箱拿啤酒。啤酒瓶挨着制冰格的一侧冰冷冰冷的，其他的部分还温乎乎的。立时，鸟想喝啤酒的情绪全都消散了。即便如此，他还是把啤酒和三个杯子拿到卧室。这时，女节目主持人已经打开客厅里的电灯，在那里梳头、化妆，并想换衣服。鸟背对客厅，给自己和火见子的杯子倒上了啤酒，啤酒呈混浊的褐色，看起来很脏。火见子招呼客厅里的女友，女友冷淡地回答："你已经不需要我了，我要去电台了。"

"再等会儿好吧？"火见子表现出了过分的女性媚态。

"鸟已经回来了，你已经不需要我了！"女节目主持人要引诱鸟进入含有暗示意味的圈套，然后，又直截了当地对鸟挑明，"我是我们一起毕业的女大学生们的守护神，鸟。谁要是失意落魄，就需要我这个守护神了。谁要遇到什么麻烦，我就会来帮忙。鸟，不要让火见子在你们夫妇的麻烦里陷得太深了。我对你的不幸还是很同情的。"

火见子和女友一起出门，准备把她送到可以叫到出租车的地方。鸟把温乎乎的啤酒倒进厨房的水池里冲掉，然后冲起了冷水澡，冰凉的水滴把鸟激得浑身发抖。鸟想起了小学时代的远足，自己掉了队，又突然遭遇急雨时的绝对孤独和委屈无力。现在的我，就像刚刚脱了外壳的蟹一样柔软，不管遭到怎样卑小的对手攻击都会立即屈服。鸟想，现在的情形最坏不过了。孩子出生的那天夜晚，我与那些少年恶棍搏斗，能够显示出相当的抵抗力，那真是现在回头想想还有些后怕并且不敢相信的奇迹。洗完澡，不知为什么，鸟竟然性欲昂奋起来，就那样赤身裸体地仰在床上。外来者的味道消失了，屋子里的角角落落又重新弥漫起独特的陈腐味道。这是火见子的窝。火见子活像一个怯懦的小动物，不让房间里遍布自己的体味，以借此确认自己的地盘，便会情绪不安。鸟已经习惯了这个家的味道，有时甚至嗅到这里边也有自己的味道。火见子一直没回来。冷水浴后净爽的皮肤又流出了许多汗水，鸟缓慢地站起来，他想再找一瓶冰镇的啤酒。

过了一小时，火见子才回来，她不高兴地对鸟辩解说：

"那个人忌妒了呀。"

"忌妒？"

"她是我们中间最可怜的人啊，所以，我们中间不管是谁，都要陪她一起睡睡，鸟，她呢，就自以为成了我们的守护神了！"

自从把孩子扔在医院，鸟就丧失了道德感。火见子和女友的关系，并没有给他什么特别的刺激。

"就算那些话是因为忌妒而说出来的，"鸟说，"我也不可能从她所讲的事情里身无伤痕地逃出来。"

10

　　像小鳄鱼似的仰着头趴在床上的鸟，和双手抱膝席地而坐的火见子一起在看电视台深夜最后一次播报的新闻。暑气已经消散，鸟和火见子像远古时代的穴居人一样，几乎是赤身裸体，体味着洞窟中令人心情愉悦的清凉。为了听到电话铃响，电视机的音量调到了最低，房间里只有蜜蜂弄翅似的低微声响。鸟既没把那声响当作是表达人的意思和情感的声音，也分辨不出电视显像管的光和影叠印出来的图像包含的意义。在他的意识屏幕上，现在完全没有从外界选取一个确切图像的意愿。他就像一台光有听筒而不能发话的通讯机，只是在等待远方不知是否能传送来的呼唤信号。但是直到现在那呼唤的声音还没有来。一直处于待机状态的通讯机，还有鸟，都处于假死的状态。突然，火见子把放在膝盖上的非洲人的小说——阿莫斯·图图奥拉*的《我在幽鬼森林里的生活》扔到了地板上，探身向前，伸手把电视的音量拧大。即便如此，鸟也没有从自己的眼睛看到的画面和自己的耳朵听到的声音中受到什么触动。鸟只是茫然地做着看电视状，在等待电话铃响。过了一会儿，火见子双膝和一只手着地，伸出另一只手关了电视。鲜亮地燃烧着的银白色雪花点，迅速暗淡消失。这是纯粹抽象化的死的形式。鸟被那印象刺激得禁不住"啊"地短促惊叫了一声。此刻我那奇怪的孩子也许死了，他想。从早晨到深夜，他只是一味地等着电话，吃面包、火腿，喝啤酒，反复和火见子性交（连非洲的地图、非洲人的小说也不看、不读了。现在，鸟的非洲热似乎已经转移到火见子身上，她沉迷于非洲地图和小说）。他现在考虑的事情，只是他的孩子的死。他正处在明显的持续性

---

*　阿莫斯·图图奥拉（1920—1997）：尼日利亚小说家。他的作品充满了非洲风格的魔幻现实主义色彩。

机能退化状态中。

火见子仍然双膝着地，转过头来，眼里闪着灼热的光对鸟说话，鸟却不能领会她的意思，皱着眉头反问：

"什么？"

"也许要爆发世界上最后一场大战——核战争了呀，鸟。"

"又怎么啦？"鸟吃惊地说，"你说的话总是没头没脑的。"

"没头没脑？"这回是火见子惊讶地反问，"你不是也受了刚才的新闻的刺激了吗？"

"什么新闻？我没注意看电视呀，受刺激是另有原因。"

火见子有些恼怒地盯着鸟，但她很快就发现，鸟既非恶作剧开玩笑，也没有发呆发愣。火见子神情紧张的眼睛里阴云笼罩。

"打起精神来呀，鸟。"

"什么新闻？"

"赫鲁晓夫又重新开始核试验了。而且，规模比以往的氢弹试验大得多。"

"啊，是这么回事啊。"鸟说。

"你好像没什么印象，鸟。"

"嗯。"鸟应道。

"不可思议！"

直到这时，鸟才和火见子一样开始觉得有些奇怪：自己竟对苏联重开核试验的新闻毫无印象！并且，现在，不要说赫鲁晓夫重开核试验，即使听到核战争爆发的消息，我似乎也完全不会感到震惊……

"为什么会这样呢？我真的毫无感觉啊。"鸟说。

"最近的你，对政治性问题完全没有兴趣了？"

鸟必须自己沉默地认真思考一会儿。

过了一会儿，鸟开始讲话：

"你呢，你对国际形势和国家政府的态度，也不像当年经常和你死去的丈夫一起去游行的学生时代那么敏感了吧。但是，核武器问题我一直是很关心的，我和朋友们的斯拉夫语研究会唯一的政治活动，就是参加呼吁废止核武器。赫鲁晓夫重开核试验，我是应当受到刺激的。可是，我一直看着电视，却什么也没有感觉到。"

"鸟……"火见子的话哽在喉里。

"我的头脑里只有孩子的问题，我觉得，对其他的一切，我都没有反应了。"鸟漠然不安地说。

"是啊，鸟。今天这整整十五个小时里，你叨咕的全是孩子死还是没死。"

"确实，现在我的头脑已经全被婴儿的幻影占领了。我就像潜身于充满婴儿幻影的深泉里。"

"不正常啊，鸟。婴儿如果不那么轻易地衰弱死掉，这样的状态持续上一百天，你会发疯的呀，鸟。"

鸟责备的目光锐利地盯着火见子。似乎火见子的话语有着一种灵威，它给了本来只喝糖水和一点点牛奶的婴儿一种特殊的能量，一种像大力水手波佩因吃了菠菜而生出怪力般的那种能量。啊，一百天，两千四百个小时！

"鸟，你现在被婴儿的幻影纠缠成这个样子，就算孩子死了，以后你也可能很难从那幻影中逃脱出来。你现在这种对待婴儿的心态是不行的呀。"火见子说，又用英语引用《麦克白》的台词说："'你那么考虑是不行的'，鸟，'那样做是会发疯的'。"

"可现在让我不去考虑婴儿的事，我办不到呀，孩子死了以后，我也许仍然还是这种状态，这没办法的。"鸟说道，"确实，对我来说最难过的也许是在孩子因衰弱而死掉以后吧。"

"现在也可以给医院打个电话，让他们给牛奶加浓一点呀。"火见子说道。

"那可不行。"鸟可怜而激烈的悲鸣般的叫声打断了火见子的话，"你要是看到我那孩子头上的瘤子，就会明白为什么我说不行啦！"

火见子凝视着鸟，忧郁地摇了摇头。两个人都有意不看对方。过了一会儿，火见子关了房间里的灯，依偎到鸟的身边。已经很窄小的床并排挤着两个人，那温度也没有让人觉得暑热难耐。两人沉默地躺了好一会儿，然后，火见子活动起身子，用和性交行家平素大不相同的笨拙动作抱住了鸟。鸟感觉到有一团干爽的阴毛贴近大腿外侧，但没有想到有一种厌恶的情绪突然掠过。鸟希望火见子的四肢不要再动，快点转移到她自己的女性梦乡，但他又真切希望自己醒着的时候她也醒着。时间就这样流逝。鸟和火见子都清楚地知道对方醒着，但又都隐忍地佯作不知。终于，火见子像受不住这种假死状态的狐狸，突然用紧张而尖厉的声音问："鸟，昨晚上你梦见孩子了吧？"

"嗯，梦见了啊。你怎么知道？"鸟说。

"什么样的梦？"

"那里是月球的火箭基地，婴儿的睡篮放在一片荒凉的岩石上。就这些，很简单的一个梦啊。"

"你像个孩子似的蜷缩着身子，紧攥着拳头，嘴大张着哇哇地哭，就这样睡着的样子。"

"真是怪谈，不正常！"鸟像在奔涌的耻辱温泉中溺住了似的，愤激地说。

"太可怕了！我还担心你就那个样子，无法恢复常态了呢。"

暗影里鸟的脸颊灼热得燃烧起来，一声不吭，火见子也纹丝不动。

"喂，鸟。这件事情，如果你不仅仅看作是个人的事，而看成是和我相关的问题，我也可以更好地助你一把力呀。"火见子后悔刚才对鸟说他被魔住了的事，低沉地说。

"但这确实只是我自己的事，完全是我个人的体验。"鸟说，"不过，即使是在个人的体验里面，只要一个人渐渐深入那体验的洞穴，最终也一定会走到看得到人类普遍真实的近路上。这样的体验应该是存在的吧？不管怎么说，那时候，痛苦的个人将获得经历痛苦后的果实，就像那个在黑暗的洞穴刻下了痛楚的记忆，但走出地表时却得到了一口袋金币的汤姆·索亚*。然而，说到现在我个人体验的苦役，我不过是绝望地在一个和所有的人间世界隔绝的孤独竖井里掘进而已。同样是在黑暗的坑洞里流淌痛苦的汗水，但我的体验却丝毫不会产生出人性的意义。有的只是无望收获、耻辱而令人讨厌的掘进。我这个汤姆·索亚，在竖井底下胡掘乱

---

* 汤姆·索亚（Tom Sawyer）：美国作家马克·吐温代表作《汤姆·索亚历险记》中的主人公。

挖，说不定会发疯的。"

"就我的经验来看，我认为只要是和人有关的，就绝不会有毫无收获的痛苦，鸟。他自杀不久我就得了梅毒恐怖症，我没采取任何预防措施就和一个可能带有梅毒病毒的男人一起睡了。很长一段时间里，我一直被恐怖症苦恼着。最痛苦的时候我也想，怎么会有如此没有收获和意义的神经官能症呢？不过，恢复正常后，还是有收获的。鸟，那之后，不管和多么危险的人睡，持续了那么久的梅毒恐怖症也没有复发！"

火见子把它当作滑稽的私房话坦率地讲给鸟，讲完后还微笑了一下。鸟感觉出那开朗是装出来的，火见子是在尽力帮助自己打起精神，于是他故意摆出一副嘲弄人的口吻，反唇挖苦说："如果我妻子下次再生出个畸形儿的话，我也不会痛苦好久的。"

"我可不是那意思呀，鸟。"火见子悄然动容地说，"哎，鸟。我是觉得，你的这次体验，如果能从竖井式的洞穴，变成有捷径的洞穴的话。"

"那不可能吧？"鸟说。

话到这里，火见子说："我去拿啤酒和安眠药，鸟，你也需要吧？"

是需要，但鸟不能漏听电话。鸟因对酒的过度留恋而变得暴躁起来，说："我不要。早晨一起来，满嘴都是安眠药味，讨厌。"我不需要。本来他这么说就足够了，但鸟为了驱赶喉咙对安眠药和啤酒火烧火燎的欲望，感到需要多说几句。

"是吗？"火见子就着啤酒把安眠药片喝下去，冷酷地说，"这么说，那是掉牙时的味儿呢。"

过了一会儿，火见子进入了梦乡，她的躯体，从肩到腕以及肋部、腹部，都像得了硬皮病似的。鸟的眼睛一直睁着，和别人的肉体一起躺在一张床上，鸟感到自己的肉体付出了不应付出的巨大牺牲。他试着回想结婚第一年和妻子睡在一张床上的事，不过好像记忆出了差错，竟有点模糊起来。鸟决定睡到地板上去，他刚要移动一下身子，沉睡中的火见子突然像动物似的发出让鸟惊悸的呻吟，一边咬牙，一边把他紧紧搂住。鸟又感到大腿外侧贴着的一团阴毛。火见子半张着的嘴唇从黑洞洞的深处呼出锈蚀金属的气味。

　　鸟无法翻转身子，只好忍受着越来越麻木的身体，徒然地睁着眼睛，不一会儿，一阵令人焦躁的疑虑袭过他的心头。说不定那个医生和护士每隔一个小时就给婴儿喂十升浓牛奶呢——倏尔，这种怀疑令鸟的内心苦不堪言。我在等待着孩子的生命因衰竭而死去，然而，那个隐而不见的缓期执行牢房却变得如此令人存疑！鸟仿佛看到了婴儿两个头上张开的两张红红的嘴，咕嘟咕嘟喝浓牛奶的情景。鸟浑身的皮肤泛起了湿热的疙瘩。让婴儿衰弱而死感到的羞耻的砝码变轻了，而天平的另一端，被畸形婴儿危害的受害者意识的砝码加重了，鸟犹豫的心理平衡被摇动了。鸟被自己利己主义式的不安折磨得出了一头汗。他已经看不到浮现在昏暗中包括家具在内的所有物件，也听不到包括奔驰而过的汽车在内的一切声音。体内发出的燥热和汗珠流淌下来时的瘙痒是他此时感觉到的唯一存在。他像被喷洒上了农药的菜虫，一动不动地躺在那里，不停地冒出青色气味的体液。毫无疑问，那个医生和护士给我那奇怪的婴儿喂了十升浓牛奶……

即使到了天亮，鸟也不会向火见子讲这一夜间的可耻的胡思乱想吧。因为这正是深夜电视节目女制片人曾经斥责过的邪念臆想。不过，鸟可能忍受不了这样的等待，可能一清早就会赶往附属医院的特殊婴儿护理室。电话铃始终没响，鸟睁了一夜的眼睛迎来的黎明也已经过去，夏日清晨的阳光从窗帘缝隙照射进来，而一直沉浸在不安里的鸟汗津津的，耳边除了幻听之外，没有任何其他的铃响。

医生和鸟都很不高兴，沉默地肩对着肩站在玻璃窗格前，像在水族馆里观察章鱼似的望着里面的小床。鸟的孩子并没有被特殊处理的秘密样子，出了保育器后，和做豁嘴手术的婴儿一样，一个人在普通的床上孤独地躺着。鸟觉得那个煮虾般浑身通红的婴儿没有衰弱下去，甚至有点见长，他脑袋上的瘤似乎也跟着成长了。婴儿为了平衡自己头上的瘤子重量，使劲地向后挺着身子，两只小手伸向耳后，不停地用拇指肚摩擦脑袋，半个脸上都是皱纹，眼睛紧紧地闭着。婴儿大概也想挠挠脑上的瘤，只是手指还够不着。

"脑上的瘤痒痒吧？"

"啊？"医生问，但他随即便理解了鸟的问话，回答说，"哎，怎么说呢，瘤下面的皮肤现在有点要破似的，溃烂了，所以发痒吧。注射过一次抗生物质的药，现在注射停止了，也许最近那块儿就会破裂。如果破了，这个新生儿可能会变得呼吸困难。"

鸟注视着医生，想要张嘴说话，结果却只是默默地咽下了一口唾液。鸟很想确认一下医生是否还记得作为父亲的自己正期待着婴儿死掉。如果不搞清楚，我今晚还将被昨夜那样的疑虑折磨蹂躏吧。不过，鸟最终只能是又咽了一口唾液。

"这一两天是临界点啊。"医生说。

鸟注视着仍然把骨骼很大粉红肥胖的手举向耳后摩擦脑袋的婴儿。婴儿的耳朵很像鸟，直钝地翻卷着。鸟好像害怕自己的声音传到孩子那里似的，悄声说：

"请多关照。"

说完，鸟红着脸朝医生鞠了一躬，走出特殊婴儿护理室。背后的门关上时，鸟立刻又后悔刚才没有对医生再次强调一下他的希望。鸟一边在走廊里走着，一边把两手伸向自己的耳后，用拇指肚不停地蹭着后颈的发际。一路摩擦着，他觉得像有沉重的测锤坠在脑后，不得不渐渐地向后仰去。不一会儿，鸟意识到自己是在不自觉地模仿头上长瘤的孩子的姿势和动作，马上停住脚步，惶恐地扫视了一下四周。两个神情呆板的孕妇站在走廊拐角饮水处朝这边看，鸟感到有些恶心，马上快步朝走廊匆匆跑去。

　　鸟在大学的餐厅前减慢车速，正在寻找停车空位的时候，先看到了他的朋友从里面走了出来。鸟好容易找到了一个车位，把车停了下来。他看了看表，迟到三十分钟。朋友朝鸟下车的地方走来，脸上浮现着焦躁的神情。

　　"一个朋友的车，"鸟有点不好意思地指着鲜红的跑车解释道，"来晚了，真对不起，大家都聚齐了吧？"

"没有，只有你和我。研究会的其他成员，都到日比谷公园参加抗议赫鲁晓夫重新开始核试验的集会去了。"

"啊，是吗？"鸟说。接着他想起来，今天早上，火见子曾读过报纸上关于这次集会的报道，但他一点也没留心。我现在完全陷到畸形婴儿造成的个人困境之中，已经和这个现实世界背道而行了。不过，这么说起来，那些能把地球的命运放在自己的肩上去参加集会的家伙，恰恰是因为没有头上长瘤的婴儿牵扯。

焦躁地站在一旁的朋友对随口简短应答的鸟不满地瞥了一眼，说：

"别的成员都想回避和戴尔契夫打交道，所以都去抗议赫鲁晓夫了。毕竟，几万人一齐在日比谷的露天音乐厅发出抗议的呼叫，是不会引起和赫鲁晓夫的任何纠纷的。"

鸟把斯拉夫语研究会其他成员各自的情况分析了一遍，他们如果和已陷入泥沼的戴尔契夫牵扯太深确实很麻烦。他们当中，有的在一流商社的贸易科工作，有的是外务省的官僚，有的在大学做助教。如果戴尔契夫事件被报纸作为丑闻报道，不管怎么说，如果上司知道自己和这种事件有关联，肯定会招来麻烦。他们当中没有谁像鸟这样仅仅是个预备学校老师，而且是不久就要被解雇的自由人。

"那怎么办呢？"鸟追问道。

"毫无办法。公使馆请求我们劝说戴尔契夫，但研究会的立场，是认为应该不理会为好。"

"你也不想和戴尔契夫打交道吗？"

鸟本来别无他意，仅仅是出于好奇随口一问，然而，朋友突然像受了侮辱似的涨红着脸瞪着鸟。鸟惊讶地意识到，朋友是期待他赞成把说服戴尔契夫的请求退还回去。

"不过，"鸟语气和缓地反驳闷头生气的朋友说，"从戴尔契夫角度想想看，接受我们的劝说，也许是他最后一个机会吧。如果他拒绝，事情只能公开了。我们要是原封不动地把劝说任务退还回去，会于心不安呀。"

"当然，戴尔契夫如果接受我们的劝说，那就太可喜可贺了。不过如果弄不好，戴尔契夫事件成为丑闻，我们就被卷到国际问题里了。我现在也不愿意和戴尔契夫接触啊。"朋友把视线从鸟的身上移开，望着剖开的羊内脏似的跑车驾驶席说道。

鸟感觉到朋友的暗示是如此地可怜巴巴，几乎是赤裸地暗示鸟尽快接受，不要再进一步反驳。可鸟已经不会从"丑闻"、"国际问题"之类可怕的词语中受到任何影响了，鸟的脑袋已经被畸形婴儿的丑闻塞满，孩子这类家庭问题，比任何国际问题都更具体、更沉重地扼住了鸟的咽喉。鸟从潜藏在戴尔契夫四周的恐怖陷阱里得到了自由，自从婴儿事件出现以来，鸟第一次感觉到和别人相比自己竟有如此充分的生活闲暇，也觉得这很具有讽刺意味。

"斯拉夫语研究会如果放弃了劝说戴尔契夫的任务，我个人也想去见戴尔契夫。我和戴尔契夫很要好，而且，即使戴尔契夫事件公开化了，卷入了什么丑闻，对我也无所谓的。"鸟说。他想找一个能充填医院里那位医生的话所带来的时间，也就是最近一两天时间的生活内容，也真想去看看戴尔契夫的隐遁生活。

朋友马上以让鸟都觉得害羞的势利嘴脸转变态度：

"你有这样的打算就这么做吧！这也许是最好的方式。"朋友热情而有力地说，"实际上我也希望你能接受，其他成员听到有关戴尔契夫的传闻，立刻就想闪身躲开，只有你能沉住气，态度超然，让人感佩。"

鸟不想伤害这个突然变得多嘴饶舌的朋友，宽厚地笑了笑。他知道现在自己除了孩子，对其他任何事件都能够沉稳超然地对待。话虽这么说，鸟痛苦地想，整个东京所有那些没有被畸形婴儿套上枷锁的人，没有任何一个会羡慕我吧。

"午饭我请客，鸟。"朋友高兴地提议，"先去喝点啤酒吧，鸟！"

鸟点点头。他们并肩朝餐厅走去。在鸟对面坐下来的朋友向服务生要了啤酒后，心情愉快地说：

"鸟，你那样，用两个拇指肚摩擦脑袋，是在大学时代养成的习惯吧？"

鸟侧身走进了酒吧和朝鲜饭店之间裂开的一条大约

五十厘米的窄胡同，路上想：在这迷宫似的胡同里是否隐藏着另外一个出口呢？朋友交给他的地图上画的是条死胡同，现在鸟正走进这条死胡同的入口。这胡同的形状就像个胃袋，并且，是通往肠子的出口被扎紧了的胃袋。逃亡生活者和逃亡生活志愿者躲在这封闭场所的最里边，不会有不安的感觉吧？戴尔契夫不得不选择这样的地方做蔽身之所，大概是出自一种走投无路的心态？而现在戴尔契夫恐怕已经不在这个小胡同里了吧。这么一想，鸟的心情有些轻松了。在胡同尽头一个通往山寨的隐秘小道般的公寓入口，鸟停住脚步，擦拭了一下满脸的汗污。整条胡同都被阴影笼罩着，可是，抬头望望天空，夏日正午的阳光像炽热的白金网，覆盖在胡同之上。鸟就那样一动不动地仰望着阳光闪耀的天空，闭上眼睛，用拇指肚擦着有些发痒的头。随后，鸟的两臂像被反弹回来似的放了下来，后仰着的头也挺直立起。远处有一个女孩发出歇斯底里般的叫声。

　　鸟脱了鞋，一只手拎着，走上满是灰尘的玄关门口里的一段短楼梯，进了公寓。走廊左侧并列着一排单人牢房似的门，右侧是墙壁，上面有各种各样胡涂乱画的东西。鸟一边看着房门号码，一边往里走。各家似乎都颇怀戒心地紧掩着门，住在公寓里的人们是怎样抗过夏日炎热的呢？火见子算是先行者，在这座大都市里，什么时候繁衍出了这么多白日里紧锁屋门隐蔽不出的族人呢？鸟一直走到走廊的尽头，才发现那里隐藏着一条像衣服内兜似的狭窄陡峭的楼梯。鸟无意间回头看了一眼，公寓门口一个身材高大的女人丈二金刚般站在那里盯着他，女人高大的后背把外面的光线全都遮住了，走廊和她本人都黑黑的暗淡无光。

"你要干什么？"那女人像往外撵狗似的问。

"我想找一位外国朋友。"鸟声音发颤地回答。

"美国人？"

"和一位年轻的日本姑娘住在一起的……"

"啊，那个美国人啊，他住在二楼紧靠这边的房间。"那女人说完就转身消失了。

如果那个"美国人"说的是戴尔契夫，他大概给这个女人留下了好感。不过，鸟虽然登上了白木楼梯，还是半信半疑。在极其狭窄的楼梯转弯处鸟正拿不定主意是否该转换方向时，突然看见惊喜地举着两臂迎出来的戴尔契夫。鸟被这意外的喜悦所感动，这个公寓只有戴尔契夫是用开门通风来降热的有健全生活感觉的人。

鸟把自己的鞋立在走廊的墙壁旁，和从房间探出身来微笑的戴尔契夫握手。戴尔契夫像马拉松选手似的只穿了件蓝色短裤和运动背心。在红头发剃得短短而红胡髭留得很长的戴尔契夫身上，鸟看不出有丝毫逃亡者的生活痕迹。可能潜入这个公寓后就不再有沐浴的机会，矮小的戴尔契夫现在也和那种高大如熊的男人一样，散发着强烈的汗臭。鸟和戴尔契夫互相用简单的英语问候以后，戴尔契夫说他的女友烫发去了，他想让鸟进到铺着榻榻米的房间里来，但鸟推说自己的脚太脏，站在门口说话就好。鸟是害怕进了戴尔契夫的房间会待得太久。鸟往戴尔契夫的房间里望了一眼，里面一件家具也没有，房间最里面开着一扇窗户，可是那窗口对面仅二十厘米远的地方，严密地遮着板条。可能对面也有不能让这边的窗口窥望到的私生活场所。

"戴尔契夫，你们国家的公使馆希望你赶快回去。"鸟单刀直入地开始劝说。

"我不回去了，因为我的女朋友希望我在这里住下去。"戴尔契夫微笑着回答。

鸟和戴尔契夫的英语对话语汇贫乏，发音生硬，整个儿给人游戏似的印象。他们互相之间不需要那种制造紧张空气的情绪，因此问答都是直截了当的。

"我是最后的使者。之后恐怕是你们国家公使馆的人要来啦。如果情况恶化，日本的警察也会来的。"

"日本的警察也不会把我怎么样吧，因为我是外交官。"

"是吗？不过，要是公使馆的人想把你带走，不是也只能把你送回去吗？"

"唉，那是预料之中的，因为我惹了麻烦，可能被降职吧，或者丢掉外交官的工作。"

"所以，戴尔契夫，趁事情还没有成为丑闻之前，返回公使馆去怎么样？"

"我不回去。女友希望我在这里住下去。"戴尔契夫满脸笑容地说。

"不是所谓政治的原因，真的，你只是为了和女友的感情，才躲在这儿的吗？"

"是的。"

"你真是个奇怪的人，戴尔契夫。"

"为什么奇怪？"

"你的女友不会说英语吧？"

"我们始终用沉默来相互理解的。"

鸟的内心里生出一种难耐的悲哀。

"那么，我如果回去报告，公使馆马上就会来人把你带回去的。"

"那是违反我个人意愿的强行带走，那就没办法了，女友也能理解吧。"

鸟无力地摇了摇头，表示自己已经无法完成劝说任务了。戴尔契夫的红胡髭周围金红色的纤细汗毛上挂着一粒粒汗珠，光闪闪地摇动着。注意到这一点后，鸟发现，在自己的视线所及，戴尔契夫满身的汗毛都挂满了汗珠。

"那么，我就这么回去报告了。"鸟说着弯下腰去拿鞋子。

"鸟，你的孩子出生了吧？"戴尔契夫问。

"生了，可是，是个畸形儿。我现在正等着那孩子身体衰弱死掉呢。"鸟被毫无来由的诉说心曲的冲动驱使，讲了起来，"看上去像长了两个脑袋，严重的脑疝病。"

"为什么不动手术，就干等着他死呢？"戴尔契夫收住笑容，脸上充满了男子汉勇猛剽悍的神情。

"我的孩子接受手术后，正常生长的可能性连百分之一也没有。"鸟退缩着说。

"这是卡夫卡写给他父亲的信里的话：父母能为孩子做的，只是迎接婴儿的到来。你不去迎接他，反倒要拒他吗？因为你是父亲，你拒绝另一个生命的利己主义就可以被谅解吗？"

鸟默默地听着，眼睛和脸颊都热辣辣地涨红了——这已经成了他近来的新习惯。现在，戴尔契夫已经不是那位陷入深刻的窘境而又不失幽默和平常心的古怪的红髭外国人了。鸟觉得自己突然遭遇到了一个非难自己的伏兵。鸟想强词夺理地反驳几句，可是，突然之间却觉得找不出一句答词，满脸沮丧。

"啊，This poor little thing！（这个可怜的小家伙！）"戴尔契夫喃喃地说。鸟浑身一震，抬起脸一看，知道戴尔契夫说的不是婴儿，而是鸟自己。鸟沉默地立在那里，等待着戴尔契夫释放他的时刻。

终于，鸟宣告和戴尔契夫告别，戴尔契夫送给鸟一本有英文索引的本国语小辞典。鸟请戴尔契夫在辞典的扉页上签名，戴尔契夫先写了巴尔干半岛故国的一个短语，然后在那下面签上了名，说：

"这个词是'希望'的意思。"

从公寓出来，在胡同最狭窄的地方，鸟和对面走来的一个身材矮小的年轻姑娘笨拙地擦肩而过，鸟闻到了一股刚烫过的头发的味道，看着异常苍白的姑娘低垂着的脖颈，鸟放弃了打招呼的想法。This poor little thing！鸟走进炫目的阳光里，马上就大汗淋漓，却仍像个逃亡者似的，朝百货店前停放火见子跑车的停车场跑去。在那样的时刻快步奔跑的男子，鸟是这条街上唯一的一个。

11

　　星期日，鸟醒来的时候，他的周围意外地充满了阳光和新鲜的空气。从卧室敞开的窗子，风和阳光一起流了进来，旋转进客厅，客厅里响着吸尘器的嗡嗡声。鸟已经习惯了这所房间里的昏暗，在如此明亮的光线里，鸟有些为自己盖在毯子下面的赤裸身体感到羞愧。趁着火见子还没有闯进来，鸟赶紧爬起来，蹬上裤子，穿好衬衫，走进客厅。

　　"早上好！鸟。"火见子头上缠着头巾，像用棒子按着四处乱窜的老鼠似的推着吸尘器，脸上泛着红晕恢复了稚气，转过身来快活地说，"我公爹来了，鸟。我打扫房间这会儿，他出去遛弯儿去了。"

"那我赶快走吧。"

"为什么？想逃跑吗，鸟？"火见子强烈地反对说。

"我觉得我是在这儿潜藏着的，在藏身的地方，被介绍给一个陌生人，总有点不方便吧。"

"公爹知道我这儿经常有男友留宿，他对这种事情并不介意，倒是这些男友中的某位一大早匆匆逃走，会让他觉得奇怪的。"脸色冰冷的火见子很不高兴地说。

"OK，那我就去刮刮胡子吧。"鸟说着，退回卧室。

火见子的反对意见让鸟受到了刺激。鸟到火见子家以来，只以自己为本位，火见子充其量不过是他的意识世界里的一个细胞。我为什么可以毫无缘由地相信自己具有如此绝对的权利？我是以个人为本位的不幸的蚕蛹，眼光封闭在蚕茧的内侧壳里，对蚕蛹自身的权利，竟然从来没有怀疑过……

狭小的镜面上蒙了一层水汽。鸟刮完胡子，看了一眼那不幸的个人本位主义的蚕蛹苍白而严肃的面孔，鸟发现自己的脸收缩变小了，那可只不是瘦了一些。

"我突然闯到你的家，态度蛮横，还觉得理所当然。"鸟走到客厅，对火见子说。

"你是来给我道歉的？"火见子恢复了以往的温柔，有意逗鸟开心。

"想想看，我睡在你的床上，吃你做好的饭菜，本来没有任何限制你的正当理由，在你家里，却觉得可以为所欲为。"

"你想离开这儿吗，鸟？"火见子有些不安地说。

鸟凝视着火见子，陷入一种无奈的宿命感。如此和谐融洽的人，除了此地，不可能再遇到了吧？鸟体味到了一种难离难舍。

"就算你最后一定要离开，现在还是不要走吧，鸟。"

鸟回到卧室，仰面朝天躺在床上，头枕在交叉的手掌上，合上了眼睛，他的内心充满了对火见子的感谢之情。

不一会儿，火见子和她的公爹，还有鸟，一起围坐在收拾得整洁的客厅餐桌旁，谈论起有关非洲新兴国家领导人的逸闻和斯瓦希里语的语法。为了让公爹看清楚，火见子把卧室里的非洲地图拿来，摊在桌子上。

"不想和火见子一起去非洲看看吗？把这座房子和土地卖了，费用就有了。"火见子的公爹提议。

"是呀，这主意不坏呀。"火见子试探地看着鸟说，"去非洲旅行，你可以把孩子的不幸忘掉，鸟，我也可以把丈夫自杀的事情忘掉呀。"

"对，这很重要。"火见子的公爹怂恿说，"你们结伴去非洲，不是很好吗？"

鸟被这个提案深深地撼动了，神色狼狈而萎靡，含混不清地叹息说："那不行，那可不行！"

"为什么？"火见子挑战似的问。

"你说到了非洲就可以把孩子衰竭而死的事情忘掉，这未免太天真了，对我来说，做不到。"鸟涨红了脸，结结巴巴地说。

"鸟在道德方面是一个严肃青年呀。"火见子嘲讽道。

鸟的脸更红了，流露出责难火见子的神情。事实上，他的内心是这样想的，如果火见子的公爹对我说，为了把火见子从自杀了的丈夫的幻影中挽救出来，从这样的道德目的出发，可以请你接受这次非洲旅行吗？那我可能会像一块固体汤料被浇上了热水，一下子就融化了，我可能会在这自我欺骗的甜蜜旅行中获得解放。鸟害怕火见子的公爹说出类似的话，同时又恨不得把怀有热切期盼、猥琐欲望的自己塞到地缝里去。突然，在火见子的眼睛里，鸟看到了白瓷般的光亮在闪烁，她有所醒悟地说：

"再过一周，鸟就会回到夫人那里去了。"

"很抱歉，"火见子的公爹说，"自打我的儿子死后，头一回看到火见子这么有生气，所以才考虑到刚才的话题，请不要生气。"

鸟怀疑地凝视着火见子的公爹，他的脑袋很短，几乎全都秃顶了，晒得黝黑的后脑壳的皮肤从脖颈一直延续到肩膀，让人分不清什么地方才算是头部。在他海驴般的脑袋上，睁着一双灰浊而安详的眼睛。火见子的公爹究竟属于什么类型的人呢？鸟理不出一点线索。鸟满怀戒意地沉默着，勉强做出暧昧的微笑，又努力压抑住不断从胸部涌到喉咙、让人窒息而羞愧的失望感。

子夜时分，在暑热蒸腾的黑暗里，鸟和火见子非常懒惰地以双方都不感到沉重的姿势，持续了一个小时的性交。像交尾做爱的野兽，他们始终沉默无声。最初的间隔比较短暂，经过一阵酝酿，火见子才飞跃到快感的高潮。每当这样的时刻到来，鸟就会回忆起在一个暮色苍茫的时刻，在外地城市一所小学校的运动场上，操纵装着汽油引擎的模型飞机飞行时的心情。以鸟的身体为轴心，火见子在她的快感高潮的天空画着圆弧，像不胜引擎重负的模型飞机似的痛苦地飞翔着，浑身颤抖，发出低低的叫声。然后，火见子再次降落在鸟站立的运动场上，重复静默而坚忍的运动。他们的性交已经深深植根于日常生活的静谧和秩序的感觉之中，鸟觉得自己和火见子的性交似乎已经持续了一百年。对于鸟来说，火见子的性器官单纯而实在，没有隐藏一点恐怖的胚芽。这不是"莫名其妙不知其所以然的东西"，而是仿佛用柔和的合成树脂制作的衣袋般的物件。这里不会有妖怪突然出现向他扑来，鸟的心里踏踏实实。这或许是因为火见子把他们的性交限定在彻底而赤裸的性享乐范围内的缘故吧。鸟想起了自己和妻子战战兢兢如履薄冰的性交。结婚以后，过了那么多年，鸟夫妇在性交的时候，不断被忧郁的情绪纠缠着。当鸟用笨拙的手脚触摸妻子身体的时候，硬邦邦地蜷缩在那里好像在努力克服厌恶心理的妻子总感到是被无端殴打了一样，总是怒气冲冲地想回敬鸟几拳。结局自然是陷入小小的口角，性交中止，然后，或者让稍稍燃起的欲望触角断断续续地纠缠到深夜，或者像接受恩赐似的凄凉地匆匆终止。鸟把改变夫妇性生活的希望寄托在妻子这次生产之后……

火见子在快感高潮的上空盘旋，像挤牛奶的手似的反复压迫鸟的生殖器，而鸟则任意选择火见子的某一次高潮到来的时候，自己也达到高潮，使二者重合。但鸟很害怕性交停止以后的漫漫长夜，高潮过后，很快就努力重开战阵。就这样，在平稳地走向高潮的途中，鸟进入了甜蜜的梦乡。

火见子从高潮的上空缓缓下降后，又像一只和地面上升的气流相遇的风筝，突然逆转，直直地冲向高空。有意控制自己不动的鸟已经醒了，听到不远的黑暗处响起了电话铃声，抬起的后背却被火见子汗津津的胳膊紧紧搂住了。

"可以了，鸟。"一分钟后，火见子放开了鸟。

鸟匆忙地调整了一下呼吸，快步跳进客厅抓起还在鸣响的电话。一个年轻男人的声音，说是要找在大学附属医院特殊婴儿护理室住院的孩子的父亲。鸟紧张地答应了一声，声音像蚊子一样细小。打电话来的是个实习生，他转达了孩子主治医生的话：

"深夜打扰，实在对不起，可是这边有许多事情要处理。"电话里的声音很遥远，

"明天上午十点，请您到脑外科教授的房间来，写着副院长室的。本来医生要给您直接打电话，但他太累了，很抱歉。这么晚了，有各种各样的事情。"

鸟深深地松了一口气。孩子死了，在脑外科解剖，他这样想。

"知道了，我直接去副院长室。谢谢。"

孩子死了！放下电话，鸟开始想。但所谓把医生累得筋疲力尽一直折腾到深夜，那意思是在说婴儿是怎样

死的吗？鸟的舌尖有一种胃液涌上来的苦味。一个庞然大物在黑暗中仇恨地凝视着鸟，鸟像是陷到爬满蝎虫的洞穴里采集动物标本的专家，浑身战栗，蹑手蹑脚地返回床上。这里是安全的巢穴。鸟沉默着，身体不断发抖。然后，鸟像要钻到洞穴深处角落里似的，想进入火见子的身体。几次急躁的进入都告失败，火见子用手指引导勃起不了的鸟，终于使他安静了下来。鸟的匆促动作很快使两人共同达到了高潮。他诱导着火见子进入性交快要结束时的激烈运动，突然，鸟笨拙地跳转身子，手淫似的独自射精。鸟的内心深处感到剧烈的悸痛，他把身子横卧在火见子身旁，毫无来由地坚信：我可能很快就要死于心脏麻痹。

"哎，太过分了呀。"透过黑暗，火见子疑虑地抬头看着鸟，与其说是责备，其实更像是叹息。

"嗯，对不起。"

"是因为孩子，鸟？"

"好像是事情不断，他们一直忙到深夜。"鸟又陷入了新的恐惧。

"副院长室又是怎么回事呀？"

"明天早晨到那儿听命。"

"就威士忌吃上安眠药睡觉吧，反正不需要再等电话了。"火见子无限温柔地说。

火见子打开床头灯后去了厨房，鸟怕灯光晃眼，双目紧闭，再两手交叉盖在眼睛上面。在鸟空荡荡的头脑里，只想弄清楚一个尖锐的问题：因衰竭而死的婴儿为什么把医生们折腾到深夜？但鸟的思绪突然触及到了一个令人害怕的构想，他马上退缩了回来。鸟睁开眼睛，从火见子手里接过小半杯威士忌和明显超过规定剂量的安眠药片，一口气喝下去，又闭上了眼睛。

"你把我的那份也吃了。"火见子说。

"啊，对不起。"鸟很愚蠢地说。

"哎，鸟。"火见子在鸟的身旁躺下，却不由自主地客气地离开了一点距离。

"怎么？"

"威士忌和安眠药起作用之前，我给你讲个故事吧，鸟。非洲小说里的一段奇闻，鸟，那部小说里强盗幽灵的一章，读过吗？"

在暗影里，鸟摇头表示否定。

"有个女人怀了孕，强盗幽灵街上的幽灵们立刻推举出一个同伴，派到女人家里。深夜，这个幽灵把真正的胎儿赶走，自己钻进子宫，出产那天，幽灵化作善良的婴儿出生了，鸟。"

鸟默默地听着。

"不久这个婴儿生病了，母亲为了给孩子治病付出的财物，都被幽灵运到一个秘密的地方储存起来。孩子的病是不能治好的，后来就死了。埋葬的时候，幽灵恢复原形，离开墓地，从那个秘密地方运走财物，回到强盗幽灵的街上。

"幽灵幻变的婴儿出生时都非常漂亮，这是为了独占母爱，让母亲毫不吝惜地献出财物。据说非洲人把这样的孩子叫作为了死亡而出生的婴儿。那是俾格米人*的婴儿，非常漂亮，鸟，你能想象出来吗？"

* 俾格米人（Pygmies）：尼格罗－澳大利亚人种中的一个类型，主要分布于非洲中部，以及亚洲的安达曼群岛、马来半岛、菲律宾和大洋洲的某些岛屿。俾格米人性发育较早，身高一般不足 1.5 米，目前濒临灭绝。

鸟想，我应该让妻子听听这故事。妻子也许会把我们夫妇那个为了死亡而出生的婴儿想象成漂亮的孩子，而我可能也会渐渐地这样来修正自己的记忆。这将是我一生中最大的欺瞒吧。我的奇怪的婴儿还没来得及修正丑陋的双脑就死掉了。他涉过死后无限时间依然是怪异的双头婴儿。如果有一个把无限时间秩序化的巨大存在，他的眼睛里可能会映现出双头婴儿和他的父亲吧。鸟感到恶心难受，像从空中坠落下来，跌入了梦乡，跌到没有一丝梦的光亮的密封罐子里。即便如此，鸟在最后返照的意识回光闪烁中，仍听得到他的守护神的低低呼唤："太过分了呀，鸟。"鸟的脑袋像垂挂了重物，两手后举向后仰着，想用拇指肚摩擦耳朵根的样子，胳膊肘猛地撞到火见子的嘴唇上，火见子疼得流泪，同时在暗影里凝望着鸟别扭地蜷曲着的痛苦睡姿。火见子怀疑鸟误解了医院的电话，可能孩子没有死，而是有所好转，恢复了定量喂奶。请到医院来，可能是为了商量动手术的事。火见子感到这位笼中猩猩般弯曲着身子、呼出灼热威士忌气味的男友滑稽而又可怜。他现在的睡眠，可能只是明天将要出现的大混乱前的一个小憩吧。火见子下了床，把鸟的手脚舒展开，让他能舒服地睡一觉。她想，鸟的身体会像中了魔法沉沉睡去的高大男人一样沉重，果然如此。然后，火见子以古希腊圣哲的风姿，用床单裹住赤裸的身子走到客厅去。她准备坐在那里，凝望那幅非洲地图，直到黎明。

鸟突然意识到了自己的理解有错误，如同受到了严重的嘲弄，愤怒地涨红了脸。这是他走进脑外科专家副院长室的时候。负责鸟的孩子的小儿科医生和几位年轻医生簇拥着一位虽不可怕却很威严的中年医生正严阵以待，鸟走到这里发觉了自己的理解错误，脸色通红，茫然呆立。随后，鸟在一把黄色圆椅子上坐下，四周被医生们围住。鸟觉得自己很像越狱未遂而被带回看守所的囚犯。这些看守们都是同谋，他们不就是为了津津有味地从瞭望塔顶欣赏鸟的逃走与失败，才在昨天的电话里把话说得那样模棱两可，设了个圈套么？

因为鸟一直沉默不语，小儿科医生便出来介绍：
"这位是婴儿的父亲。"说完，他很羞涩地微笑着退到
列席者的位置。可能脑外科教授巡诊时查问了婴儿的营
养状况，年轻的医生因此背叛了鸟。鸟满怀仇恨地想，
目光锋利地盯着小儿科医生。

　　"昨天和今天，我都检查了你的孩子，再增强一点
体力，就可以动手术了。"脑外科教授说。

　　看来，我必须起来反抗，和这帮家伙斗争，保卫自
己，摆脱那个畸形婴儿。鸟匆忙地给自己马上就可能慌
乱的大脑发布指令。从醒悟自己理解失误那一刻起，鸟
便开始退却。在仓皇的逃跑中，除了时时回头自我防
卫，其他一切都不在考虑之列。我必须拒绝手术，不然
的话，我的世界就要被这个畸形婴儿占领了。

　　"动手术以后，孩子能正常成长吗？"鸟心不在焉
地问。

　　"现在还说不准。"副院长直率地回答。

　　鸟目光凶狠，差点脱口说出：我可是个不肯马虎的
人！他的脑海里蒸腾起一个炽热而羞耻的感觉火圈。鸟

像马戏团驯养的老虎，开始寻找跳出火圈的机会。

"正常成长，和不能正常成长，哪种可能性更大？"

"动手术之前，没办法说清楚。"

这时，鸟不再脸红，纵身从羞耻的感觉火圈中跳了出来：

"我不同意手术！"

似乎全体医生都盯着鸟倒吸了一口气。鸟感到自己已经可以公开地表达无论怎样无耻的意见了。但幸好他没有抢先使用这种厚颜无耻的自由，因为脑外科教授已经明白了他的态度。

"那么，你想把孩子带走吗？"教授显然恼怒了，焦躁地说。

"带走。"鸟立刻还嘴回答。

"那就请吧。"鸟在医院遇到的最有魅力的医生的语气里，明显带着厌恶。

鸟和围成圆阵的医生们不约而同地站了起来，这是比赛结束的一声钟响，我终于从畸形婴儿的威胁中逃脱出来，防护住了自己，鸟想。

"你真的要把孩子带走吗？"到了走廊，小儿科医生挨近鸟，不无犹豫地问。

"今天下午我来取！"鸟说。

"出院的时候，别忘了带婴儿衣服。"医生说完，转身走了。

鸟急急地向火见子停车的广场走去。这一天，天空灰暗，鲜红的跑车和戴着太阳镜的火见子都显得色彩陈旧、难看。鸟快步跑到火见子近前，脸颊扭曲得可怕："弄错了，成了笑料。"

"我想可能会是这样的。"

"为什么？"鸟的声音很粗暴。

"没什么理由，鸟。"火见子很胆怯地说。

"我决定把孩子带回去。"

"带到你太太住的医院，还是你的家里？"

鸟突然遇到了沉重的难题。鸟发现，自己刚才只是为了反抗医生们给孩子手术，也就是反抗他们迫使自己后半生背负一个头部缺损的孩子，才采取了鲁莽行动，至于以后的事情，则完全没有考虑。他妻子住的医院，不会再接受这个好容易推出去的"实物",带回自己的家里,那房东老太太善良的好奇心可能也会把我逼入绝境。要是在自己家里继续施行特殊婴儿护理室一直采用的危险的喂养方法,双头婴儿肯定会饿得哭起来,引起街上一片狗的吠声。最后就算婴儿衰竭死去,哪个医生肯给写死亡诊断书呢?鸟想象着自己因杀害婴儿嫌疑罪而被捕的场面,和披露这一事件的可怕的新闻报道。

"就是,我没地方可送。"鸟鼻子一酸,有气无力地说。

"如果你没有计划,鸟。"

"怎么?"

"我想可以把他交给我的一个医生朋友试试看。鸟,他可以为不想要孩子的人提供帮助,我是做人工流产时认识他的。"

鸟再次品尝到作为一个被怪物婴儿击溃的军团里的弱兵心惊胆战的滋味。鸟脸色苍白,随后,他又纵身跳过一个燃烧的火圈:

"如果那个医生同意,就交给他吧。"

"委托给他，这样，我们……"火见子用异常缓慢的语调说，"我们不插手弄死婴儿，鸟。"

"不是我们的手，只是我的手。我动手弄死孩子。"鸟说完，觉得自己至少从一个欺瞒中解放了出来。可他又感到，这只是向忧郁的地牢又下了一个台阶，毫不足喜。

"说到底还是我们的手呀，鸟。"火见子说，"能替我开一会儿车吗？"

鸟察觉到，火见子说话这么缓慢，是因为过度紧张。鸟从跑车前面转到驾驶座位，从反光镜里，鸟看到火见子脸色苍白，嘴唇四周起了一层白粉末似的疙瘩。他想，我的脸色肯定也像她的那么难看。鸟想向外吐口唾沫，但口干舌燥，只能发出空洞的咳声。和火见子一样，鸟很粗暴地把车开了出去。

"那个医生，鸟，你最初来我家的那个晚上，一个鸡蛋脑袋的男人在外面喊叫，就是那个朋友啊，鸟，你记得吗？"

"记得。"鸟回答，同时想，那种人，最好一辈子不来往。

"我先打电话和他商量一下，然后我们做接孩子的准备，鸟。"

"小儿科医生说要带孩子用的衣服。"

"那就到你家去取，你知道放在什么地方了吧，鸟？"

"那可太难堪了。"鸟的眼前，浮现出怀孕期间妻子每天热衷于准备婴儿用品的情景，他感到那白色的婴儿车和苹果形把手的乳白色婴儿衣柜都在拒绝他，"从那儿挑选孩子穿的衣服，我做不来。"

"是呀，要是知道你使用这些用品的目的，鸟夫人是不会原谅你的。"

当然是这样，鸟想。可是，即使不从家里拿出孩子用的东西，只要妻子知道孩子从这个医院转到另外一个医院的结局是死，她会原谅我吗？事情如此发展下去，对我来说，毫无疑问，已经无法把妻子拎揉在暧昧的猜疑中，稀里糊涂地继续我们的婚姻生活了。不管我怎样恶战苦斗，忍受内心欺瞒的痛楚，都不是我力所能及的了。鸟已经咀嚼到欺瞒行为的糖衣里面包裹的苦涩真实了。

鸟们的跑车开到一个开阔的十字路口的时候，被信号灯阻挡住了。这是环绕这座大都市的巨大环行线之一，鸟焦急地探望着他们应该拐弯的方向。空中黑云低垂，湿漉漉的风刮了起来，在挂满灰尘的树梢头欷歔作响。信号灯转绿，在阴沉的天空下格外鲜艳，鸟觉得自己被吸引到了那个方向。现在，鸟和那些平生未萌生过一丝杀人念头的人们同样受到信号灯保护，鸟觉得有些不协调。

"在哪儿打电话？"鸟像逃亡的罪犯似的问。

"到离这儿最近的食品店打吧，然后去买点香肠什么的，必须吃点东西。"

"嗯。"虽然没有食欲，胃里甚至涌出抵抗进食的厌恶感，鸟还是爽快地答应了，

"可是，你的朋友能同意接收吗？"

"那个鸡蛋脑袋表面一副善良模样，可没少干坏事，比如说……"火见子说着，突然不自然地住了嘴，用舌尖一下一下地舔着干燥的嘴唇。看来，那个小男人干的

坏事，残酷得让火见子不敢说。鸟想，仍然恶心难受，实在不是吃香肠午饭的时候。

"打完电话再说，"鸟说，"买孩子用的东西，比香肠更需要，还有睡篮。可能去百货店买更快。不过，我实在不想到婴儿用品部去。"

"我去给你买，你在车里等着。"

"妻子怀孕的时候，我陪她去买过东西，全是孕妇和婴儿，一种野兽的气氛，那种地方。"

鸟瞥见火见子的脸渐渐失去了血色，她可能也恶心了吧。他们两人都脸色苍白，沉默地驾车疾驶。随后，鸟沉入自我解嘲的情绪中，这样说：

"孩子死了，妻子身体好了，那以后我可能就是离婚，被预备学校解聘，只有在那时候，我才算是成了自由的男人。本来一直梦寐以求的事情，真的要来到了，却高兴不起来。"

猛烈的风从鸟这边向火见子那边吹，火见子必须顶着风大喊："鸟，"她呼喊着说，"你要是成了自由的男人，能不能照我公爹说过的那样，我卖了房子和土地，我们一起去非洲？"

近在眼前的非洲！鸟想。但现在他脑海里浮现出来的只是一片荒凉、唤不起热情的非洲。从少年时代对非洲怀着辉煌憧憬开始，鸟心里的非洲还是第一次如此暗淡无光。这位孤独地伫立在灰色的撒哈拉沙漠上的自由男人，在东经140度一个状如蜻蜓的岛屿上，弄死了自己的孩子，逃亡到这里。不要说疣猪，连地鼠也捕捉不到一只，只是仓皇地在非洲大陆上奔逃，在撒哈拉沙漠上茫然无措地伫立。

"非洲吗？"鸟无动于衷地说。

"你现在像缩在壳里的蜗牛，只是闷着发愁，鸟。踏上非洲大地的那一瞬间，你将重新焕发激情。"火见子说。

鸟忧郁地不吭声。

"我真的迷上了你的非洲地图，鸟。我想和离了婚成了自由男人的鸟一起去非洲，把那个地图真的当作交通旅行图使用。昨天你睡着以后，我一直看着那张地图，都患了热性病了呀。鸟，对我来说，我需要自由男子的鸟，我说'我们的手'弄死孩子的时候，你说不是'我们的手'，但说到底还是'我们的手'呀！鸟，一起去非洲吧！"

鸟像吐出一口苦涩的痰似的说："如果你想去的话。"

"我和你，开始仅仅是性的结合，在你被不安和耻辱折磨的那段时间里，我不过是你用性度过危机的临时措施。可是，昨天夜里，我想去非洲的热情明显高涨起来了。现在，非洲的实用交通图又把我们联结在一起了，鸟。我们已经从单纯的性关系飞跃到了一个更高的地方，我一直希望如此，现在又升腾起了热情。鸟，我带你去见那位医生，自己直接参与，就是因为这个呀，鸟！"

跑车低矮的防风玻璃好像整片都绽裂开了，细碎如雾的白色水珠刮了进来，他们的额头和眼睛都淋到了雨水。黄昏意外地突然降临，四围昏暗，刮起了猛烈的旋风。

"这个车能不能装上顶篷？不然的话，孩子会被淋着的。"鸟像一个忧郁的傻瓜似的说。

12

鸟给跑车安装上黑色车篷的时候，厨房窗口飘出的大蒜和香肠的焦煳味道，像受惊的鸡，被小巷里旋转的阵风吹了起来。切得薄薄的蒜片用黄油炒过，放上小香肠，加水一起蒸，这是戴尔契夫教给鸟的一道菜。鸟想起了戴尔契夫的事情，他可能已经从那个皮肤苍白的小姑娘身边被强制性带走，带回公使馆了吧。在胡同深处他和情人的爱巢里，他尝试过激烈的抵抗吗？他的情人用戴尔契夫和带他回去的公使馆官员都听不懂的日语哭喊了吧？不过，戴尔契夫除了和他的情人分手，也没有别的路可走。

鸟望着装上了篷的跑车，鲜红的车身、黑色的车篷，跑车很像是伤口绽开的肉和周围结成的痂。鸟感到莫名的厌恶。天色乌黑，空气湿漉漉的，风也骚动不止。细雨如雾，积满了一片，突然随疾风远去，一会儿又飘了回来。鸟看到在几座建筑物空隙间显露出来的极其茂盛的大树，被阵雨洗得碧绿，和环线公路十字路口的信号灯一样，是让鸟感到魅惑的绿色。在躺到死亡之床的时候我或许就看着如此鲜艳的绿色，鸟茫然地想。鸟觉得，现在要送到那个形迹可疑的堕胎医生那里杀掉的，不是他的孩子，而是他自己。鸟返回玄关门口，把放在那里的睡篮、衬衣、袜子、毛丝编织小衣服，还有帽子都收拾起来，拿到跑车里，塞到车座后面。这些东西是火见子花了工夫挑选的，鸟足足等了一个多小时，那时候他甚至觉得火见子是不是已经溜走了。她为什么花那么多工夫给一个很快就要死了的孩子挑选衣服？女人的感受总是很奇特。"鸟，饭菜好了。"火见子的声音从厨房窗口传了出来。

　　鸟走进去一看，火见子就那样站在厨房里面吃香肠。鸟探头朝平底锅一看，立刻被大蒜味冲得直向后退，缩回了手指，面对惊讶地抬头看他的火见子，有气无力地摇了摇头。火见子用杯子里的水冲洗着刚才大吃大嚼沾满黄油的舌头，呼吸的气息带着蒜味，说："要是吃不下东西，先去冲个澡吧。"

"好，冲个澡吧。"满身灰尘汗水的鸟松了口气，说。

鸟缩着肩膀，小心翼翼地冲洗着身子。本来，以前每当温热的水流淋到头部，他总会产生性欲冲动，但现在只是感到呼吸窒闷，心跳过速。鸟沐浴在热水喷头洒下的温雨中，开始有意识地使劲闭上眼睛，头向后仰，用两个拇指肚揉搓耳后。不一会儿，头戴西瓜形塑料帽的火见子也匆匆钻到鸟的身旁洗了起来，像要把浑身上下揉搓一遍。鸟终止了游戏，走出浴室。鸟用毛巾擦拭身子的时候，忽然听到一个又大又重的东西落到地面上的声响，走到窗前向外一看，他们的鲜红跑车像一艘要沉没的船，猛烈地向前倾斜着。右边的前轮没了！鸟来不及认真擦干脊背，便匆匆蹬上裤子，套上衬衫，跑出去查看。有人匆匆从巷口跑过去，鸟并不想追，而是赶紧查看被弄坏了的车。卸掉的车轮无影无踪，向前倾斜碰到地面的前照灯也撞坏了。看来是有人用千斤顶把车身顶起来，卸掉车轮，然后踩着挡泥板，让车猛烈前倾，把前照灯弄坏了。鸟冲到仍然在淋浴喷头下冲洗的火见子面前大声说："车轮子被偷走了，前照灯也给弄坏了，真是个奇怪的贼！要是有备用的轮胎就好了。"

"在后备厢里面有哇。"

"可是，偷这个车轮子的人要干什么呢？"

"我的朋友里，不是有一个像小孩子似的人吗，鸟，肯定是他使的坏，他抱着车轮躲在附近的什么地方，在那儿盯着我们呢。"火见子没事似的大声回答，"我们要是满不在乎地走出去，那孩子准会在他藏身的地方悔恨得放声大哭。我们就这么干吧。"

"这话得在车轮子没丢之前说，现在首先是要换上备用轮胎呀。"鸟说。

鸟满手泥水和油污，换上了轮胎。在作业过程中，他浑身上下的汗水，比冲澡前更多。鸟很小心地开动发动机，似乎没有异常。即使再慢，黄昏之前一切也该结束了，毫无疑问，不需要前照灯，鸟想。他本想再冲一次澡，但火见子已经准备就绪，他的焦急心情，也真的找不出一点余暇。两人就这样出发了。他们的跑车开出巷口时，有人从背后投掷了一块小石头。

到了医院，鸟恳求想要留在车里的火见子说："你跟我一块儿去吧。"

于是，鸟拎着睡篮，火见子抱着婴儿用的衣物，沿着长长的走廊，步履匆匆地向特殊婴儿护理室走去。今天他们和来来往往的住院患者都格外紧张、表情冷淡，是因为受了被暴风鼓动、追逐而突然远去的云雨和远方沉闷的雷声的影响。鸟抱着睡篮，一边走，一边挖空心思地准备和护士交涉孩子出院需要说的可以不受置疑、非难的话。鸟越想越觉得为难，但走进特殊婴儿护理室一看，护士们已经知道他要把孩子带走，鸟放心了。即便如此，鸟还是摆出一副拒人门外的冰冷面孔，耷拉着眼皮，不给那些很有好奇心的护士提出诸如为什么不动手术就把孩子带走、你想把孩子带到哪里去等问题的机会，最小限度地回答和办理出院手续有关的问题。

"请拿这张卡片到交款室交款，我马上喊儿科的主任医生来。"护士说。

鸟接过色彩猥亵的粉红卡片。

"孩子用的衣物也拿来了。"

"当然需要，请交给我吧。"护士一直隐藏着的尖刻责难流露了出来，不怀一丝同情的目光锋利地看着鸟。

鸟把带来的衣物都交给了护士，衣物被一一检点后，只有帽子被挑出来退还回来了。鸟感到有些狼狈，把帽子揉成一团塞进裤子口袋。鸟转过头，对站在身后什么也没注意的火见子投去怨怒的目光。

"怎么了？"火见子问。

"没什么。"鸟答，"我去交款室。"

"我也去吧。"火见子好像很害怕一个人被搁在这儿，急切地说。两人在特殊婴儿护理室和护士交涉着，同时很别扭地歪着身子，尽量不让玻璃窗格里面的婴儿进入视线之内。

交款室里的年轻姑娘接过鸟递进来的粉红色卡片，催促鸟加盖印章，同时说："是出院吧，恭喜呀。"

鸟既不肯定也不否定地点点头。

"给孩子起了个什么名字？"年轻的护士问。

"没有，还没有起名呢。"

"现在这里只写着是您的孩子，为了登记方便，希望您能告诉您孩子的名字。"

名字，和妻子在医院里说到这件事情的时候，鸟就感到很棘手。给这个怪物起个人的名字，恐怕从那一刻起，他就会真的像人似的提出作为人的自我要求吧？他没有名字死去，和有了名字再死，对我来说，这家伙存在本身会因此而不同了吧。

"比如说现在想叫这么一个名字，临时用的名字也可以呀。"

"起个名字不就行了吗，鸟。"火见子很焦躁地插话说。

"我想就叫菊比古。"鸟记起了妻子的话，向护士说明这几个字的写法。

结算完毕，窗口里的护士几乎把保证金全还给了鸟。因为他的孩子住院期间的伙食只是淡牛奶和糖水，抗生物质类的药品也很少用，不可能有比这更节省的生活了。两人回到特殊婴儿护理室。

"这钱本来是从准备去非洲的积蓄里拿出来的，在决定弄死孩子后和你一起去非洲的时候，又回到了我的口袋。"鸟思绪混乱，理不出头绪，自己也不清楚想说什么。

"那么，就真的用在非洲旅行上吧。"火见子不假思索地说，随后问道，"哎，鸟，菊比古这个名字，我知道一个男同性恋酒吧，就是同样的菊比古这几个字，那儿的老板的名字就叫菊比古。"

"他多大年纪？"

"那种人的实际年龄很难看出来，大概比你小四五岁吧。"

"那肯定是我在地方城市时认识的人，他被美国占领军里一个负责情报的人当作同性恋伙伴，后来跑到东京来了。"

"真是碰巧啊，鸟，过后我们去那里看看。"

过后，那就是把孩子扔到形迹可疑的堕胎医生那里之后，鸟这样想。紧接着，鸟回想起自己在地方城市抛弃了少年友人的那个深夜。我用当年抛弃的少年的名字，称呼现在又要抛弃的孩子，起名字这个行为，说到底是被圈入了凶险的圈套。刹那间，鸟想回去再重新改换个名字，但很快这念头就被消沉的毒素给销蚀掉了。鸟以自虐的心情说："今晚去'菊比古'喝他个通宵。"

在特殊婴儿护理室，抱到玻璃窗格这边来的鸟的孩子，菊比古，穿着火见子精心挑选的合身的衣服，躺在睡篮里。小儿科主治医生在睡篮旁边颇无聊赖地站着，等待鸟回来。鸟和医生隔着睡篮对面站着，鸟感觉到，火见子看到睡篮里的孩子受到了刺激。孩子长大了一圈，斜视的眼睛像是褐色皮肤上的深皱纹，脑袋上的瘤也似乎发育了起来，那东西比孩子的脸蛋更红艳、饱满。现在正睁着眼睛的孩子，很像南宗画里的老寿星，不过确实还欠缺一点人的模样，可能是因为和瘤子对应的额头太窄小。孩子不停挥动着握得紧紧的小拳头，好像想从睡篮里逃出去。

"也不像鸟啊。"火见子小声嘀咕着，由于紧张声音变得尖厉难听。

"他谁都不像，本来就不像个人嘛。"鸟说。

"可不是你说的那样。"小儿科医生轻轻地责备鸟。

鸟向玻璃窗格里面看了看，床上的婴儿都不停地蠕动着身子。鸟怀疑他们是不是正在议论着被带走的伙伴。婴儿们好像都兴奋了起来，那个眯着眼睛躺在保育器里的小瘦猴似的孩子怎么样了？那个为了缺少肝脏的孩子而奋斗的父亲还会穿着茶色灯笼裤、扎着宽皮带来这里争论吗？

"出院手续办完了吗？"

"都办完了。"

"那可以走了。"护士说。

"不再重新想想了吗？"小儿科医生很固执地说。

"没什么好想的了。"鸟也很坚定地说，"谢谢你这么多天的关照。"

"哪里，我也没关照什么。"医生拒绝了鸟的感谢。

"那么，再见吧！"

"再见！多保重！"医生的眼圈发黑，对自己刚才的大声大气似乎有些后悔，也和鸟一样放低了声音回答。

两人抱着睡篮走出特殊婴儿护理室，伫立在走廊百无聊赖的住院患者们的目光都朝向睡篮里的婴儿。鸟用可怕的眼光瞪着他们，两臂张开护住睡篮，大踏步向前，火见子一路小跑紧追。鸟的凶暴神态，让患者们愕然不解，但可能是为了睡篮里的婴儿，在昏暗的走廊里他们都微笑着向两侧让开。

"那个医生或者护士会不会向警察报告呀，鸟？"火见子回头张望着说。

"不会的。"鸟粗暴地说，"这帮家伙也想让孩子饿死，只给喂淡牛奶和糖水。"

到了主楼正门的玄关门口，鸟感到自己护着婴儿的双臂实在难以遮住积聚在那里的住院患者们的好奇。鸟的心态，像是独自抱着橄榄球冲向敌军严阵守护的决胜点的运动员，他犹豫了一下，突然想出了一个办法："你能掏出我裤兜里的帽子，从这脑袋后面罩上吗？"

鸟看见，火见子按照他的要求做时胳膊在发抖。此后，鸟和火见子不顾一切地从强作笑容挨到近前的人群中间冲了过去。

"真可爱，小孩子，天使似的。"一个中年妇女说话像是唱歌，鸟觉得受了轻侮，但仍然低着头，快步向前一口气冲了出去。

医院前的广场上，又是暴雨如注，火见子的跑车在雨中像水鳖似的疾速倒到抱着睡篮的鸟面前。鸟先把睡篮递给车中的火见子，然后钻进车里，接过睡篮。为了让放在膝盖上的睡篮稳定不动，鸟必须像埃及法老的石像那样挺直上身。

"可以了吗，鸟？"

"可以了。"

跑车像在竞技场上起跑似的猛然启动，鸟的耳朵一下子撞到车篷的支柱上，他紧闭着嘴，忍着疼痛。

"现在几点了，鸟？"

鸟用左手支撑着睡篮，看了看手表，表针停了，指在没有意义的时间上。这些天，鸟虽然仍习惯性地戴着手表，但一次也没有想到看时间，更不必说给表上弦对对时间了。鸟觉得自己这些天是在那些没有畸形婴儿烦恼的人平稳度日的时间之外生活过来的，并且，直到现在，鸟也没有回归到他们的时间之内。

"表停了。"鸟说。

火见子按了一下跑车的收音机开关，正是新闻节目时间，男播音员正在报道莫斯科重开核试验引起的反响。日本原子弹氢弹协会发表了支持苏联核试验的声明主旨，但协会内部也出现了各种各样的反应，下一次世界禁止原子弹氢弹大会可能会陷入混乱。节目中还插播了广岛的原子弹受害者对日本原氢协会声明表示质疑的录音。所谓纯洁的核武器之类真的存在吗？即使苏联人在西伯利亚进行核试验，能对人畜都无害吗？

火见子换了一个频道，这个台正在播放流行音乐，探戈，在鸟听来，本来所有的探戈都是一个曲调，而这节目又特别长，始终不变，最后火见子终于把它关掉了。他们没有赶上收音机报时的时间。

"鸟，原氢协会向苏联屈服了呢。"火见子的语气里，其实并没有显示出对这一事件的兴趣。

"嗯，好像是这样。"鸟说。

在那些置身于我之外的人的共同世界里，他们所共有的唯一的时间在进行着，全世界的人都共同感受到一个厄运逐渐降临。不过，鸟所关注的只是主宰他个人命运的畸形婴儿睡篮。

"哎，鸟，在这个世界上，有没有那种人，并没有在政治或经济方面从核武器生产中直接获益的、而是纯粹希望打核战争？我想，多数的人，虽然没有什么特殊的理由，但是相信这个地球会存续下去，并希望能够存续下去。同样，那些黑了心肝的人，也没什么特殊的理由，却相信人类会灭亡，并且盼望这样。是不是呀？北欧有一种叫莱敏格*的动物，样子像老鼠，时常集体自杀。这个地球上，有时也会出现类似这种动物的人吧，鸟。""莱敏格一类黑心肝的人？那联合国应该尽快拟订缉捕对策呀。"鸟随声附和地说。

可是他自己不想加入缉捕莱敏格一类坏人的十字

---

* 莱敏格：旅鼠（lemming）的音译，据称是世界上繁殖力最强的动物之一，当其数量在一定范围内急剧膨胀后，会想方设法自杀，以减少族群数量。

军，一个念头从他心底掠过，他感觉自己的内心就潜藏着莱敏格似的丑恶。

"好热呀，鸟。"火见子发现刚才谈论的和自己没多少关系，冷淡地换了话题。

"是呀，真的很热。"

发动机的热量从脚下颤抖的薄金属板上不断传导过来，跑车篷把他们密封在车里，渐渐地他们感觉像是被塞进了烘干室。可是，如果把车篷扯开一角，风和雨肯定会趁势而入。鸟有些不死心地查看了一下车篷的情况，这是很老式的车篷。

"没法子，鸟，多停几次车，开开车门透气吧。"火见子看到鸟沮丧的样子，说。

鸟看到前面路上有一只死麻雀，被雨淋得精湿。火见子也看见了。他们的车向死麻雀直开过去，但当麻雀在他们的视线里向下沉落的时候，车突然大幅度地一拐，车轮倾斜，突然陷进柏油路边一个被浑黄的泥水遮掩的深坑里。鸟扶持着睡篮的手指被猛烈地撞击了一下。车开到医院之前，我将被弄得遍体鳞伤吧，鸟悲哀地想。

"对不起，鸟。"火见子说。她身体某个部位肯定也被撞了，是强忍疼痛的声音。无论鸟还是火见子，话题都不想碰到死麻雀。

"没什么。"

鸟说着，把膝盖上的睡篮重新放端正，钻进车后，他第一次低头好好看了看孩子的脸。孩子的脸越来越红，搞不清是否在喘气，好像憋住了。鸟有些害怕，晃动睡篮，孩子的嘴突然张大，像要咬鸟的手指，出乎意料地放声大哭起来。只有一厘米长的线头般的眼睛紧闭着，没有眼泪，浑身一会儿一阵颤抖，没完没了地"啊啊耶耶"地哭叫。鸟刚刚从恐惧中脱身，现在，想用手掌掩住孩子哭喊着张开的粉红色的小嘴，又被一种新的恐惧制止住。孩子头上戴着的羊角帽抖动着，"啊啊耶耶"地哭叫不止。

"孩子的哭声好像有好多意思呢。"在孩子的哭叫声中，火见子抬高嗓门喊，"可能人类所有语言的意思都包蕴在里面了。"

孩子仍然"啊啊耶耶、啊啊耶耶"哭叫不停。"幸亏我们听不懂这哭声里的意思。"鸟惶恐不安。

跑车载着孩子连续不断的哭声奔驰，犹如装载了五千只蝉似的向前奔驰，同时，鸟也有一种自己潜入一只蝉体内飞行的感觉。不一会儿，两人就抵挡不住车内蒸腾的热气和孩子的哭叫了，他们把车靠近路边停住，打开车门。车内潮湿的热气、热病患者打嗝似的空气呼呼地向外流出，雨水和湿漉漉的冰凉空气涌了进来，热汗淋漓的鸟和火见子立刻感到寒意，打了个冷战。鸟膝盖上的睡篮也落进了雨滴，孩子红红的脸蛋沾上了比泪珠还细碎的水珠。孩子还在哭，但现在"啊啊耶耶"哭声的间歇，响起了咳嗽声。全身颤抖的咳嗽，状态明显异常，让他们怀疑孩子是不是得上了呼吸系统的疾病。鸟把睡篮偏了偏，总算挡住了雨水。

"在恒温空气里护理的婴儿，猛地接触到外面的空气，很可能得肺炎哪，鸟。"

"是呀。"鸟说。他深感疲劳。

"真麻烦了呢。"

"现在这种时候，怎么才能让孩子不哭呢？"鸟感到自己是个毫无经验的人。

"我倒是时常看到人家给孩子喂奶。"火见子说完，自己也吃了一惊，立刻闭上了嘴，随后急忙补充了一句，"应该准备点牛奶吧，鸟。"

"淡牛奶还是糖水？"疲倦的鸟嘲讽地说。

"我去药店看看，对了，那种仿照奶头的玩具，叫什么来着，可能会有。"

火见子冒雨跑了出去，鸟没有信心地摇了摇睡篮，目送穿着平底鞋跑去的情人的背影。她是同龄的日本女子中受过良好教育的一个，可惜这些教育没能发挥作用，却让她变得连普通女人的日常生活智慧也没有。她可能不会有自己的孩子。鸟回想起那群刚入学时活跃的女大学生中最活跃的火见子，不禁对现在在泥水中像一条拙笨的狗似的蹦跳奔跑的火见子产生了怜悯之情。谁能预见到那么年轻、自信、好炫耀学问的女大学生的未来，就是现在的火见子？鸟抱着睡篮坐着的跑车旁，几辆长途运输卡车像一群野蛮的犀牛似的疾驰而过。鸟和婴儿随着车身震颤，轰隆的声响中，鸟听到一个尖厉急迫而意义不明的呼唤。这肯定是幻听，但鸟仍然专心致志地侧耳倾听了好一会儿。

火见子一副独坐在黑暗里的愤怒表情，顶着挟带着雨水的强风旁若无人地走了回来。这回她没有跑。鸟从她魁梧的身上看到和自己同样难看的疲劳相。可是，一钻进车里，火见子立刻用压住孩子哭声的喜悦声调说："小孩子衔着的东西叫奶嘴，刚才一时蒙住，想不起来了。你看，两种，都买来了，鸟。"

从遥远的记忆库里搜寻出"奶嘴"一词，自信也应该由此恢复。不过，在火见子舒展开的手掌上放着的一个土黄色橡胶制品、一个衬在枫叶羽翼上的果实类的东西，看起来都是鸟的孩子现在还不能使用的器具。

"带蓝芯的，是帮助快出牙的孩子巩固牙床用的，要再大一点的孩子才用得着。鸟，这个没芯的，软乎乎的，肯定可以用。"火见子说着，把那个奶嘴放到哭叫着的孩子粉红色的嘴唇边。

鸟本来想问，为什么把给快出牙的孩子用的奶嘴也买来了呢。随后他看到，不要说这个奶嘴，就是火见子预想为更小的孩子用的奶嘴，放到鸟的孩子嘴边也没有任何反应。孩子只是用舌头轻轻地把这个塞到嘴边的东西往外顶。

"不行，可能现在还太早了点。"试了一会儿后，火见子完全失望，再次丧失了信心。

鸟谨慎地控制着自己，不发表对火见子的批评。

"可是，另外能让孩子安静下来的办法，我就不知道了呀。"火见子束手无策。

"只能这么走了，走吧。"鸟说着，关上了自己这边的车门。

"药店的表刚才是四点钟，我想五点之前能赶到医院。"火见子边发动汽车边说，脸色阴沉得可怕。她又向那令人不快的北方出发了。

"他该不会哭上一个小时吧。"鸟说。

五点十分，婴儿哭得疲倦，睡了。但他们还没有找到目的地。他们的车已经在一个洼地里转了五十多分钟了。那是一片夹在南北相对的高台之间的洼地，他们的车上岗下坡，几次穿过同一条细而弯曲的浑浊河流，迷在一条死胡同里，最后又向高台的方向开去了。火见子记得曾经把车直开到那个堕胎医生的医院玄关门口，登上高台，她就可以确定医院所在的大概位置。可是，车进入房屋密集的洼地，在铺设简陋纵横交错的狭仄小路上，他们连自己的车前往的方向都搞不清楚了。好容易开到了火见子记得的那条小路，一辆绝不肯让路的小型卡车迎面驶来，他们只好把车倒后一百米左右。等到小卡车开过去，他们想再返回去的时候，却在和刚才不同的路口拐了弯，而下一个路口又是单行线，开进去就倒不回来。

鸟和火见子一直沉默着，他们都担心因为过于急躁而说出伤害对方的话。这个十字路口其实已经经过了两次了，就连这样一句话，都感觉有可能导致他们之间产生尖锐的裂痕。他们几次从一个小小的警察值班岗亭的门前经过，那是一座破旧的村公所似的房子，车连续几次开向这座前面立着两棵枝叶形状不同的银杏树的房门口，每次他们都提心吊胆，害怕引起树后的警察的注意。他们从没想到去问问警察，那个医院到底在哪儿。他们甚至不肯到路旁商店去和店员确认一下那家医院所在的街名。一辆拉着头上长瘤的婴儿的跑车，打听一家名声不好的医院，说出来难免招惹麻烦。医生在和火见子通电话时特意叮嘱过，来医院时不要在附近的烟酒店停留。因此，他们只能这样无休无止而又大摇大摆地兜圈子。恐怕转到明天天亮也到不了要去的医院吧？可能那种为弄死婴儿而设立的医院本来就不存在吧？这些念头固执地纠缠着鸟，强烈的倦意又使得鸟昏昏欲睡。他害怕自己真的睡着了，睡篮从膝上滑落下去。如果婴儿头上的瘤子表皮是覆盖从头盖骨里溢出的脑浆的硬膜，滑落下去立刻就会撞破吧。渗到变速挡和脚闸之间的泥水把他们的鞋子弄得很脏，如果婴儿掉到那里，呼吸困难，很快就会痛苦地死掉吧。那真是最可怕的死。鸟拼命地在睡意中挣扎。某一瞬间，鸟一下子沉浸在意识的深渊。火见子紧张地喊："别睡呀，鸟。"

睡篮差点从膝盖上掉下来，鸟颤抖地紧紧把它抱住。

"我也困呀，鸟。我担心要出事。"

浓重的暮霭已经降临洼地，风停了，雨还盘踞在这里，不知什么时候，车窗蒙上了一层水汽，视线变得模糊。火见子打开前照灯，只有一侧亮了。火见子那个孩子气的情人的破坏行为开始发生作用。当他们的车又一次来到那两棵银杏树前，终于有一位貌似农夫的年轻警察从屋子里从容走出，把他们叫住。

两人满是汗污的苍白面孔和可疑的形迹，都暴露在弯腰从打开的车门向里探望的警察的眼睛里。

"驾照！"警察说，一副很有经验的样子。

年龄和鸟的预备学校学生差不多的警察很确切地知道自己吓住了他们，心情特别愉快。"你们这个车一只眼哪，第一次打这儿过的时候我就注意到了。不过，你们既然从这儿逃掉了，怎么又跑回来转圈子？这回可没办法了。只有一只眼睛亮着，还这么悠闲地开，真是没法子呀，因为这关系到我们警察的威信！"

"知道了。"火见子的声音毫无感情。

"还带着孩子？"警察对火见子的态度很不满，"请把车放在这儿，把孩子抱下来。"

睡篮里的孩子脸上呈现出异样的红色，鼻孔和张开的小嘴一起发出明显异常的急促呼吸声。莫不是得了肺炎？这担心竟使鸟瞬间忘记了正在探头窥望的警察的存在。鸟用手掌小心翼翼地摸了摸孩子的额头，感到异乎常人体温的灼热。鸟不由得发出了一声惊叫。

"怎么了？"警察惊讶地问，恢复了和他年龄相符的幼稚的声音。

"孩子病了，所以没有注意到前照灯坏了，就这么开出来了。"火见子说。她想乘警察态度游移而蒙混过去，"可是，又迷了路，正想不出办法呢。"

"想到哪儿去？医院叫什么名字？"

火见子犹豫了一会儿，终于说出了医院的名字。警察告诉说，医院就在他们停车的那个方向的一条小路的尽头，随后又想显示自己并不只是好说话的好好先生，说：

"不过，路这么近，下了车走着去可能更好，我希望你们能这样做。"

火见子歇斯底里似的伸出长臂，扯下盖在孩子瘤子上的毛线帽子，这一举动给了年轻警察一个决定性的打击。

"我们必须稳稳地开着车送去。"

火见子乘势追击的气势彻底压住了警察，警察好像有些后悔，很沮丧地把驾照还给了他们。

"把孩子送到医院后，赶快到修理厂修车。"警察的眼睛仍然盯着孩子头上的瘤，很愚蠢地说，"可是，真病得不轻呀，是脑膜炎吗？"

两人把车驶上警察指点的小路，在医院前停住了车。火见子开始有些闲心了，说："驾照号码和名字，什么也没记录，这警察真是个糊涂家伙。"

鸟们把睡篮抱到木造结构、灰色砂浆墙面的医院玄关门口，火见子并不顾忌护士和患者们的反应，喊叫了一声，立刻有一个鸡蛋脑袋的男人，身着麻布礼服，外套污渍斑斑的白大衣，走了出来。他完全无视鸟的存在，像从鱼贩子那里买鱼似的朝睡篮里看了看，声音黏滞但很和气："这么晚，火见子，我已经在想你是不是在和我恶作剧。"

医院的玄关门口给人一种非常荒凉的印象，但鸟从心底里感到了威胁。

"怎么也找不着路了。"火见子冷淡地说。

"我以为你们半路出了什么事故。确实有一些偏激的人，一旦下了决心把孩子弄死，就忘记了凡事都有个界限，以为让孩子饿死或把孩子掐死是一样的。唉，好可怜的样子哟，像是要得肺炎呢。"医生仍然和颜悦色地说，小心地抱起了睡篮。

13

　　两人把跑车放在修理厂，叫了一辆出租车，前往火见子熟悉的那家男同性恋小酒吧。他们精疲力竭，被困倦折磨得难受，又陷入一种近似口腔干渴般的无休止的亢奋，都不想返回只有他们两人蛰居的昏暗的家。

　　两人找到那家在拙劣模仿煤气灯形状的荧光灯玻璃罩上用蓝色油漆写着"菊比古"字样的酒吧，下了出租车。推开靠长短不一的方木和板子勉强成形的门走进去，很短的吧台，吧台对面有两把样式奇特的高靠背椅子并排摆着，凄冷狭小的酒吧很像一个躁动的家畜窝。客人只有他们两位，站在吧台对面角落里的一个小个子男人迎接了这两位不速之客，怀有戒心地迅速打量着这两个人，但这是一个绝没有拒人之意、眼睛温润如羊、嘴唇鲜嫩似少女、全身圆乎乎的男人。鸟站在门口里侧，对着男人的目光看。透过这位男子暧昧笑脸的薄薄掩饰，在地方城市生活时的少年朋友的面影渐渐浮现了出来。

"啊，好可怕的样子，火见子。"男人仍然盯着鸟，翕动着小小的嘴唇说，"我认识这个人，好早以前，他不是外号叫'鸟'的吗？"

"先坐下再说吧。"火见子对鸟说。

从鸟和菊比古久别重逢的戏剧中，火见子只感觉到一种从高潮突然降至结尾的气氛。鸟也还没有从菊比古身上引发起什么切实的情感，疲惫和困倦，使得这个世界已经没有任何东西可以引起他的兴趣。鸟有意无意地和火见子拉开一点距离，坐了下来。

"现在这个人的外号叫什么呢，火见子？"

"鸟。"

"啊。一切照旧，鸟？可是已经过去七年了呢。"男人挨到鸟的身边，"鸟，喝点什么？"

"威士忌，纯的。"

"火见子呢？"

"一样。"

"看起来两位都有些累了，现在离夜晚睡觉可还早啊。"

"和性交之类的话题无关呀，整个下午一直开着车拼死拼活地跑。"

鸟想举起为他倒满了威士忌的酒杯，却感到胸口窒闷，一直踌躇着。菊比古刚刚二十二岁，看上去却是远比自己有担当的成熟成年人，但十五岁左右的要素也残留在他身上。在两个年龄段之间栖居着的菊比古喝的也是没有兑水的纯威士忌。他麻利地给一饮而尽的火见子和自己的杯子里又倒满了酒。菊比古不由自主地看着一直在注视着自己动作的鸟，全身神经亢奋得像发怒的猫。过了一会儿，他下了决心重新面对鸟：

"鸟，我的过去，你想起来了？"

"嗯，当然。"鸟说。和同性恋酒吧经营者交谈，对鸟来说还是第一次。这种感觉，比起和多年不见的友人突然邂逅的感觉更强烈地支配着他的意识。

"从那天起，鸟，就是我们去邻近那座城市，看到缺了半个下巴的美国兵从窗口向外张望的那天以后。"

"哪个美国兵？怎么一回事呀？"

菊比古一边上下打量着鸟，一边回答火见子的问话：

"朝鲜战争的时候，战场负伤的士兵都送到日本的基地来了，塞得满火车。我们碰上了那辆列车。鸟，那种列车好像不停地从我们那里过，是吧？"

"好像没有那么频繁吧。"

"那时候有好多谣言，什么日本高中生被人贩子拐到战场去了，什么政府要把我们都送到朝鲜去，好吓人啊。"

是啊，这小子那时候吓坏了。半夜吵架分手的时候还大喊着我害怕呀，鸟想。随后，鸟又想到了婴儿，想到孩子还没有害怕的能力，心情有点放松。不过，这种放心其实也是脆弱不可依靠的。鸟尽量把关于婴儿的可耻念头分散开去，说：

"那都是些无聊的流言。"

"就算是胡说八道的流言，却惹得我们生出了好多事端呢。"菊比古说，"鸟，你顺利地抓到了那个疯子吗？"

"那家伙在城山上吊死了，结果是徒劳一场。"鸟追忆起往昔的遗憾感情，"黎明前，我和狗发现了他。已经无济于事了。"

"不过，鸟，你一直追到天亮，我中途逃脱，那之后我们的人生道路就完全不同了。你不再和我们这些不良少年接触，上了东京的大学。从那天晚上起，我就开始走下坡路，现在还蹲在同性恋酒吧里混日子。鸟，你如果不是一个人走了，我想我也可能走一条和现在不同的人生道路。"

"鸟，那天晚上如果你不抛弃菊比古，他可能不会成为同性恋者的吧？"火见子插嘴问。

鸟困惑不解地把视线从菊比古身上移开。

"你说的同性恋者，就是选择了同性恋行为的人吧。这是我自己的选择，责任不在别人。"菊比古语气沉稳地说。

"菊比古也了解法国存在主义者的语言呢。"

"同性恋酒吧的主人没有渊博知识怎么能干得了？"菊比古的语调，像是招徕顾客时的唱歌。但随后他就恢复了本来的声音，对鸟说："掉了队后我不断堕落，这期间，鸟不断向上进步，现在你在做什么事情呢？"

"预备学校的讲师，可是暑假过后就要被解聘了，谈不上长进。"鸟回答说，"并且，现在正被一个莫名其妙的烦心事纠缠着。"

"这么说，二十岁时候的鸟可不是这样颓唐消沉啊。不过，我感觉得到，鸟现在好像有所恐惧，想要逃跑。"菊比古施展着机敏的观察能力分析说。他已经不是鸟所了解的单纯的菊比古了，他走过的落伍生活，看来是非常复杂的。

"是呀，我要累死了，害怕，想要逃跑。"鸟说。

"鸟二十岁的时候，可是个自由坦荡无所畏惧的男子汉呀，我从没有见过鸟心惊胆战的样子。"菊比古对火见子说完，挑衅似的直接转向鸟，"现在的你，恐惧心态非常敏感，我觉得你是在惶惶奔逃。"

"我可不是二十岁的人了。"鸟说。

"他已非昨日之他了。"菊比古做出一副形同路人的冷淡表情，决意不再多嘴，凑到火见子身边。

一会儿，菊比古和火见子开始玩起掷骰子游戏。鸟终于松了口气，端起为自己准备的威士忌酒杯。菊比古和鸟间隔七年的空白，仅仅七分钟的会话，双方就消解了对对方的好奇。我不是二十岁的人了，现在我还没有丧失的、仍然属于我所有的与我二十岁时相同的东西，只有"鸟"这个孩子气十足的外号了。鸟把这漫长一天中的第一杯威士忌喝干，几秒钟后，在他身体深处，突然翻腾起一种坚硬而巨大的东西。鸟毫无抵抗地把刚刚流到胃里的威士忌吐了出来。菊比古迅速擦净吧台，给鸟倒了一杯水。鸟茫然地望着空中。我逃离那个怪物婴儿，堆积下无数恬不知耻，究竟是为了守护什么？我如此坚定不移地想要守护的究竟是怎样的自己？鸟这样一想，突然愕然不知所以。答案是零。

鸟从圆形椅子上慢慢移到地板上，鸟的目光因疲劳和猝然酒醉而变得迟钝，他对询问似的注视着自己的火见子说：

"我决定把孩子送回大学医院手术，我再也不想这样乱窜乱逃了。"

"你什么时候乱窜乱逃了？你怎么了，鸟？事到如今，怎么还来说手术什么的。"火见子诧异地问。

"从孩子出生的那天早晨，直到现在，我一直都在仓皇奔逃。"鸟固执地说。

"现在，你和我都参与了杀害孩子的行为。这不能说是仓皇奔逃，因为那之后我们要去非洲。"

"不，我把孩子交给了那个堕胎医生处置后，就逃到这里来了。"鸟毫不让步地说，"一边逃跑，一边想象着最终将要到达的非洲土地。你自己也是在逃，只不过更像个和拐携公款的潜逃犯一起奔逃的酒吧舞女罢了。"

"我参与了，就一往向前，我没有逃跑。"火见子陷入了深度歇斯底里，大声喊。

"今天，为了不轧着那只死麻雀，你把车都拐到泥坑里去了，这你还记得吧？你那是想参与杀人的人所应有的态度？"

火见子的大脸涨得通红，满是灼人的愤怒和绝望的预感，怒目盯着鸟，浑身颤抖着想要反驳鸟，却说不出话来。

"换个方法，不是逃离那个怪物婴儿，而是正面对待，不欺不瞒，用自己的手直接捏死他，或者接受他，把他养育成人，只有这两条路。其实从一开始我就清楚，但没有勇气承认。"

火见子威胁似的点着手指打断了鸟："鸟，现在孩子已经得了肺炎，就算是送回大学医院，送到半路也死在车上了。那样的话，你肯定得被逮捕。"

"要真的是那样，正好就是我亲手杀死的，我也应该被逮捕，我来承担责任吧。"

鸟很冷静地说。他感觉到自己终于冲出了自我欺瞒的最后羁绊，恢复了对自我的信任。火见子满眼泪水，仇恨地看着鸟，匆忙地盘算了一会儿，想出了一个主动出击的办法，立刻施展了出来。

"就算手术成功，孩子活了下来，那结果是什么？鸟，你不是说过，他只能是一个植物似的存在吗？你不仅给自己带来不幸，还让一个对这个世界毫无意义的存在生存下去，这能算是为孩子着想吗，鸟？"

　　"这是为了我自己，为了结束一直仓皇奔逃的男人的生活。"

　　但火见子仍然不能理解，她怀疑地，或者说是挑衅式地盯着鸟，不顾眼里涌出的泪水，强作微笑地嘲讽说：

　　"让只有植物功能的孩子凑合着活下去，这就是鸟刚得到的人道主义吗？"

　　"我只是不想再当一个回避自己责任仓皇奔逃的男人了。"鸟毫无回转之意。

　　"啊，我们约好了去非洲的事情变成什么了。"火见子痛苦地哭泣。

　　"火见子，你的样子太难看了，快别哭了！鸟一旦开始反抗自我，是不会听别人的什么哭声的。"菊比古说。

鸟看见菊比古温润如羊的眼睛里闪现出强烈憎恶的目光，但菊比古的话，也给了火见子恢复平静的契机。她又恢复到了几天以前接受手拎威士忌酒瓶、陷入最坏情绪中的鸟的时候那个青春已逝却无比宽容、优雅而温暖类型的火见子。

"好吧，鸟，你不去，我也要卖掉房子、土地，带着那个偷了我车轮子的少年，一起结伴去非洲。想想看，我对那孩子做得也太过分了。"火见子忍着不让眼泪流淌出来，终于度过了歇斯底里的危机。

"火见子已经没事了。"菊比古催促鸟动身。

"谢谢了。"鸟满怀真情地对火见子和菊比古说。

"鸟，你还需要忍受好多困难啊。"火见子像是在鼓励鸟，"再见吧，鸟！"

鸟点了点头，走出酒吧。他坐的出租车在被雨淋湿的柏油路上急速奔驰。如果孩子在被救活之前出事故死了，我迄今为止的二十七年生活就都没有意义了，鸟想。一种从来没有体验过的深重的恐惧感笼罩着鸟。

＊　　＊　　＊　　＊　　＊

　　秋末时节。出院前，鸟向脑外科主任医生道了谢，然后回转身。岳父岳母围着怀抱婴儿的妻子，正在特殊婴儿护理室前等候。

　　"恭喜你呀，鸟，孩子长得很像你。"岳父说。

　　"是呀。"鸟很谨慎地回答。手术过了一周，孩子已经长出人的模样了；又过了一周，看得出很像鸟了，"头部透视的片子借来了，回家给您看。头盖骨欠损的直径不过只有几厘米，现在正逐渐愈合，脑子里的东西并没有外溢。听说切下来的肉瘤里边有两个乒乓球似的白硬的东西。"

　　"手术成功，真是太好了。"岳父在鸟絮絮叨叨的话语空隙中插嘴说。

　　"手术费了好长时间，几次需要输血的时候，鸟都输了自己的血，你像被吸血鬼 Dracula* 吸啮的公主，脸色苍白。"岳母的心情很好，用少有的幽默语气说：

＊　吸血鬼 Dracula：爱尔兰作家布莱姆·斯托克（Bram Stoker）小说《吸血鬼 Dracula》（1897）的主人公。

"鸟，你勇敢地搏斗过来了。"

婴儿对迅速变化的环境似乎不太适应，畏葸地闭着嘴，几乎没有视觉能力的眼睛望着大人们。鸟和教授一遍遍地轮流看着孩子，不知不觉走到了女人们的前面。他们边走边谈：

"这次你正面接受了这个不幸的现实，最后战胜了它。"教授说。

"不，其实我多少次想要逃跑，差点就跑掉了。"鸟说，随后用不自觉地压抑着遗憾心情的语调说，"但是，在现实生活中生存，最终似乎不能不受正统的生活方式约束，即使有意想掉到欺瞒的圈套里去，不知不觉地，也只能拒绝它。就是这样吧。"

"不这样做，也可以在现实生活中生存，鸟。也有人一直到死，都会像青蛙那样，从一次欺瞒跳到另一次欺瞒。"教授说。

鸟轻轻地闭上眼睛，想象几天以前搭乘开往非洲桑给巴尔的货船上，火见子身边坐着的不是那个少年男子，而是杀死了婴儿的自己，眺望着地狱的诱惑。火见子所说的在另外一个宇宙里展开的，可能就是这样的现实。而鸟应该回来面对他自己选择的此岸的宇宙问题。睁开眼睛，他这样说：

"孩子可能会正常发育、成长，但也不排除是个智力很低的孩子。我必须为这个孩子未来的生活而努力工作。当然，我没有想让老师帮助找一份新工作的意思。遭遇了那样的失败，无论是我还是老师，都不能再被原谅。我打算从此和预备学校或大学讲师这类可以向上爬台阶的职业彻底绝缘，想去给外国旅客当导游。我曾幻想过去非洲旅行，雇当地人当向导，现在反过来了，轮到我想为来日本的外国旅客当导游。"

教授想回答鸟，但这时有一群年轻人大摇大摆地从走廊对面走过来，必须让他们先过去。年轻人簇拥着一个煞有介事地吊着胳膊的同伴，旁若无人地从鸟他们身旁走过。他们穿着旧而脏、在这个季节已经显得单薄的绣龙图案的运动衫。鸟注意到，这些人就是在婴儿出生的那个初夏的深夜和他打架的那些家伙。

"我认识这些家伙，他们为什么完全没有注意到我呢？"鸟说。

"这几个星期你变了个人，我想可能因为这个吧。"

"是吗？"

"你真的大变样了。"教授含着几分爱惜，用充满亲人般温暖的语气说，"你已经和那个孩子气的外号'鸟'不相称了。"

鸟放慢脚步，等拥着孩子聊得忘神的两个女人追上来。他细心看着妻子怀里孩子的小脸。鸟想看看婴儿眸子里映照出的自己的面孔。婴儿眼睛澄澈而浅黑的镜面上映照出了鸟的面影，但是太微细了，鸟无法从中确认自己新的面容。回到家里，先照镜子看看吧，鸟想。然后，鸟还想翻开被遣送回国的戴尔契夫在扉页上写了"希望"字样赠送给自己的那本巴尔干半岛小国的辞典，首先查一查"忍耐"这个词。

KOJINTEKI NA TAIKEN

by OE Kenzaburo

Copyright © 1964 OE Kenzaburo

All rights reserved.

Originally published in Japan.

Chinese (in simplified character only) translation rights arranged with

OE Kenzaburo, Japan

through THE SAKAI AGENCY and BARDON CHINESE CREATIVE

AGENCY LIMITED.

版权合同登记号　图字：11-2016-383

　　图书在版编目（CIP）数据

　　个人的体验／（日）大江健三郎著；王中忱译．—杭州：浙江文艺出版社，2017.2（2023.6重印）

　　ISBN 978-7-5339-3861-1

　　Ⅰ．①个… Ⅱ．①大…②王… Ⅲ．①长篇小说－日本－现代 Ⅳ．① I313.45

　　中国版本图书馆 CIP 数据核字（2016）第 311281 号

责任编辑：童洁萍
特约监制：潘　良　于　北
特约编辑：胡瑞婷
封面设计：艾　藤　王　媛

个人的体验

[日]大江健三郎 著　王中忱 译

出版发行 *浙江文艺出版社*

地　　址　杭州市体育场路 347 号　邮编 310006
网　　址　www.zjwycbs.cn
经　　销　浙江省新华书店集团有限公司
印　　刷　嘉业印刷（天津）有限公司
开　　本　787 毫米 ×1092 毫米　1/32
字　　数　145 千字
印　　张　9.75
插　　页　2
版　　次　2017 年 2 月第 1 版　2023 年 6 月第 3 次印刷
书　　号　ISBN 978-7-5339-3861-1
定　　价　58.00 元

更好的阅读

磨铁图书旗下子品牌

出 品 人　沈浩波

特约监制　潘　良　于　北

产品经理　邱　仪

特约编辑　胡瑞婷

营销支持　金　颖　黄筱萌　黑　皮

版权支持　冷　婷　郎彤童

封面设计　艾　藤　王　媛

关注我们

官方微博：@文治图书

官方豆瓣：文治图书

联系我们：wenzhibooks@xiron.net.cn

作家导读

大江健三郎先生给我们的启示

莫言

"大江先生不是那种能够躲进小楼自得其乐的书生，

他有一颗像鲁迅那样疾恶如仇的灵魂。"

大江健三郎先生给我们的启示

——在大江文学研讨会上的发言

时间： 2006 年 9 月 11 日

进入二十一世纪之后不到六年的时间里，大江健三郎先生连续推出了《被偷换的孩子》《愁容童子》《二百年的孩子》《别了，我的书!》这样四部热切地关注世界焦点问题、深刻地思考人类命运、无情地对自己的灵魂进行拷问并且在艺术上锐意创新的皇皇巨著。对于一个年过七旬的老人来说，这简直是个不可思议的奇迹。功成名就的大江先生，完全可以沐浴在巨大的荣光里安享晚年，但他却以让年轻人都感到吃惊的热情而勤奋工作，这样的精神，让我们这些同行敬仰、钦佩，也让我们感到惭愧。

这些天来，我一直在想，到底是一种什么力量，支撑着大江先生不懈地创作？我想，那就是一个知识分子难以泯灭的良知和"我是唯一一个逃出来向你们报信的人"的责任和勇气。大江先生经历过从试图逃避苦难到勇于承担苦难的心路历程，这历程像但丁的《神曲》一样崎岖而壮丽，他在承担苦难的过程中发现了苦难的意义，使自己由一般的悲天悯人，升华为一种为人类寻求光明和救赎的宗教情怀。他继承了鲁迅的"肩住黑暗的闸门放他们到宽阔光明的地方去"的牺牲精神和"救救孩子"的大慈大悲。这样的灵魂是注定不得安宁的。创作，唯有创作，才可能使他获得解脱。

大江先生不是那种能够躲进小楼自得其乐的书生，他有一颗像鲁迅那样疾恶如仇的灵魂。他的创作，可以看成是那个不断地把巨石推到山上去的西绪福斯的努力，可以看成是那个不合时宜的浪漫骑士堂吉诃德的努力，可以看成是那个"知其不可为而为之"的孔夫子的努力；他所寻求的是"绝望中的希望"，是那线"透进铁屋的光明"。这样一种悲壮的努力和对自己处境的清醒认识，更强化为一种不得不说的责任。这让我联想到流传在中国东北地区的猎人海力布的故事。海力布能听懂鸟兽之语，但如果他把听来的内容泄露出去，自己就会变成石头。有一天，海力布听到森林中的鸟兽在纷纷议论山洪即将暴发、村庄即将被冲毁的事。海力布匆匆下山，劝说乡亲们搬迁。他的话被人认为是疯话。情况越来越危急，海力布无奈，只好把自己能听懂鸟兽之语的秘密透露给乡亲，一边说着，他的身体就变成了石头。乡亲们看着海力布变成的石头，才相信了他的话。大家呼唤着海力布的名字搬迁了，不久，山洪暴发，村子被夷为平地。——一个有着海力布般的无私精神，一个用自己的睿智洞察了人类面临着的巨大困境的人，是不能不创作的。这个"唯一的报信人"，是不能闭住嘴的。

大江先生出身贫寒，勤奋好学，博览群书，写作之初，即立志要"创造出和已有的日本小说一般文体不同的东西"。几十年来，他对小说文体、结构，做了大量的探索和试验，取得了举世瞩目的成就。进入二十一世纪后，他又说："写作新小说时我只考虑两个问题，一是如何面对所处的时代；二是如何创作唯有自己才能写出来的文体和结构。"由此可见，大江先生对小说艺术的探索，已经达到入迷的境界，这种对艺术的痴迷，也使得他的笔不能停顿。

最近一个时期，我比较集中地阅读了大江先生的作品，回顾了大江先生走过的文学道路，深深感到，大江先生的作品中，饱含着他对人类的爱和对未来的忧虑与企盼，这样一个清醒的声音，我们应该给予格外的注意。他的作品和他走过的创作道路，值得我们认真学习和研究。我将他的创作给予我们的启示大概地概括为如下五点：

一、 边缘——中心对立图式

正像大江先生 2000 年 9 月在清华大学演讲中所说："我的作品，无论是小说还是随笔，都反映了一个在日本的边缘地区、森林深处出生、长大的孩子所经验的边缘地区的社会状况和文化……在作家生涯的基础上，我想重新给自己的文学进行理论定位。我从阅读拉伯雷出发，最后归结为米哈伊尔·巴赫金的方法论研究。以三岛由纪夫为代表的观点，把东京视为日本的中心，把天皇视为文化的中心；针对这种观点，巴赫金的荒诞写实主义意象体系理论，是我把自己的文学定位到边缘，发现作为背景文化里的民俗传说和神话的支柱。巴赫金的理论是植根于法国文学、俄国文学基础上的欧洲文化的产物，但却帮我重新发现了中国、韩国和冲绳等亚洲文化的特质。"

对于大江先生的"边缘——中心"对立图式，有多种多样的理解。我个人的理解是，这实际上还是故乡对一个作家的制约，也是一个作家对故乡的发现。这是一个从不自觉到自觉的过程。大江先生在他的早期创作如《饲育》等作品中，已经不自觉地调动了他的故乡资源，小说中已经明确地表现出了素朴、原始的乡野文化和外来文化与城市文化的对峙，也表现了乡野文化自身所具有的双重性。也可以说，他是在创作的实践中，慢慢地发现了自己的作品中天然地包含着的"边缘——中心"对立图式。在上个世纪几十年的创作实践中，大江先生一方面用这个理论支持着自己的创作，另一方面，他又用自己的作品，不断地证明着和丰富着这个理论。他借助于巴赫金的理论作为方法论，发现了自己的那个在峡谷中被森林包围着的小村庄的普遍性价值。这种价值是建立在民间文化和民间的道德价值基础上的，是与官方文化、城市文化相对抗的。

但大江先生并不是一味地迷信故乡，他既是故乡的民间文化的和传统价值的发现者和捍卫者，也是故乡的愚昧思想和保守停滞消极因素的毫不留情的批评者。进入二十一世纪后的创作，更强化了这种批判，淡化了他作为一个故乡人的感情色彩。这种客观冷静的态度，使他的作品中出现了边缘与中心共存、互补的景象，他对故乡爱恨交加的态度，他借助西方理论对故乡文化的批判扬弃，最终实现了他对故乡的精神超越，也是对他的"边缘——中心"对立图式的明显拓展。这个拓展的新的图式就是"村庄——国家——小宇宙"。这是大江先生理论上的重大贡献。他的理论，对世界文学，尤其是对第三世界的文学，具有深刻的意义。他强调边缘和中心的对立，最终却把边缘变成了一个新的中心；他立足于故乡的森林，却营造了一片文学的森林。这片文学的森林，是国家的缩影，也是一个小宇宙。这里也是一个文学的舞台，虽然演员不多，观众寥寥，但上演着的却是关于世界的、关于人类的、具有普遍意义的戏剧。

　　大江先生对故乡的发现和超越，对我们这些后起之辈，具有榜样的意义。或者可以说，我们在某种程度上，不约而同地走上了与大江先生相同的道路。我们可能找不到自己的森林，找不到"自己的树"，但我们有可能找到自己的高粱地和玉米田；找不到植物的森林，但有可能找到水泥的森林；找不到"自己的树"，但有可能找到自己的图腾、女人或者星辰。也就是说，重要的问题不在于我们是否来自荒原僻野，而是我们应该从自己的"血地"，找到异质文化，发现异质文化和普遍文化的对立和共存，并进一步地从这种对立和共存状态中，发现和创造具有特殊性和普遍性共寓一体特征的新的文化。

二、 继承传统与突破传统

大江先生早年学习法国文学，对萨特的存在主义理论深有研究。在他的创作的初始阶段，他立志要借助存在主义的他山之石，摧毁让他感到已经腐朽衰落的日本文学传统。但随着他个人生活中发生的重大变化和他对拉伯雷、巴赫金的大众戏谑文化和荒诞现实主义文学理论的深入研究，他重新发现了以《源氏物语》为代表的日本文学传统的宝贵价值。读大学时期，他对日本曾经非常盛行的"私小说"传统进行过凌厉的批评，但随着他创作的日益深化，他及时地修正了自己的态度。他"泼出了脏水，留下了孩子"。许多人直到现在还认为大江先生是一个彻底背叛了日本文学传统的现代派作家，这是对大江先生的作品缺乏深入研读得出的武断结论。我们认为，大江先生的创作，其实是深深地植根于日本文学传统之中的，是从日本的传统文学土壤中生长起来的文学森林。这森林里尽管可能发现某些外来树木的枝叶，但根本却是日本的。

大江先生的大部分小说，都具有日本"私小说"的元素，当然这些元素是与西方的文学元素密切地交织在一起的。

大江先生的小说，无论是具有里程碑意义的《个人的体验》，还是为他带来巨大声誉的《万延元年的足球队》，还是近年来的"孩子系列"，其中的人物设置和叙事腔调，都可以看出"私小说"的传统。但这些小说，都用一种蓬勃的力量，涨破了"私小说"的甲壳。他把个人的家庭生活和自己的隐秘情感，放置在久远的森林历史和民间文化传统的广阔背景与国际国内的复杂现实中进行展示和演绎，从而把个人的、家庭的痛苦，升华为对人类前途和命运的关注。

正像大江先生自己所说的那样："其实，我是想通过颠覆'私小说'的叙述方式，探索带有普遍性的小说……我还认为，通过对布莱克、叶芝，特别是但丁的实质性引用，我把由于和残疾儿童共生而带给我和我的家庭的神秘感和灵的体验普遍化了。"

其实，所谓的"私小说"，不仅仅是日本文学中才有的独特现象，即便是当今的中国文学中，也存在着大量的类似风格的作品。如何摆脱一味地玩味个人痛苦的态度，如何跳出一味地展示个人隐秘生活的圈套，如何使个人的痛苦和大众的痛苦乃至人类的苦难建立联系，如何把对自己的关注升华为对苍生的关注从而使自己的小说具有普世的意义，大江先生的创作，为我们提供了可资借鉴的典范。其实，从某种意义上来说，所有的小说都是"私小说"，关键在于，这个"私"，应该触动所有人、起码是一部分人内心深处的"私"。

三、 关注社会与介入政治

十九年前，我在写作《天堂蒜薹之歌》时，伪造过一段名人语录："小说家总是想远离政治，但小说却自己逼近了政治。小说家总是想关心'人的命运'，却忘了关心自己的命运。这就是他们的悲剧所在。"政治和文学的关系，其实不仅仅是中国文学界纠缠不清的问题，也是世界文学范围内的一个问题。我们承认风花雪月式的文学独特的审美价值，但我们更要承认，古今中外，那些积极干预社会、勇敢地介入政治的作品，以其强烈的批判精神和人性关怀，更能成为一个时代的鲜明的文学坐标，更能引起千百万人的强烈共鸣并发挥巨大的教化作用。文学的社会性和批判性是文学原本具有的品质，但如何以文学的方式干预社会、介入政治，却是摆在我们面前的重大课题。

在这方面，大江先生以自己的作品为我们做出了有益的启示。大江先生的鲜明政治态度和斗士般的批判精神是有目共睹的，他对社会和政治问题的敏感和关注也是有目共睹的，但他并没有让自己的小说落入浅薄的政治小说的俗套，他没有让自己的小说里充斥着那种令人憎恶的教师爷腔调，他把他的政治态度和批判精神诉诸人物形象。他不是说教，而是思辨；他的近期小说中，存在着巨大的思辨力量，人物经常处于激烈的思想交锋中，是真正的具有陀思妥耶夫斯基风格的复调小说。正如他自己所说："我把写作这些小说期间日本和世界的现实性课题，作为具体落到一个以残疾儿童为中心的日本知识分子家庭生活的投影来理解和把握。"他把他的小说舞台设置在了他的峡谷森林中，将当下的社会现实与过去的历史事件进行比较和对照，他让来自世界各地的人物和小说主人公家庭成员同台演出；于是，正如我在前面所说，从文学的意义上，这里变成了世界的中心，如果世界上允许存在一个中心的话。

四、广采博取与融会贯通

继承民族传统和接受外来影响，是久远的文化现实，也是文学包括所有艺术发展过程中的不可或缺的两个方面。大江先生学习西洋文学出身，他对西洋文学的了解和研究深度是我们望尘莫及的。但他并没有食洋不化，他在《被偷换的孩子》中对兰波的引用，在《愁容童子》中对堂吉诃德的化用，在《别了，我的书！》中对艾略特的引用，都使他的书具有了学者小说的品格。反过来，也正是这样的具有学者品格的小说，才能包容住这么多异质的思想和艺术形式，并成为一个有机的整体。大江先生在他的小说、随笔、演讲和通信中所涉及的外国作家、诗人、哲学家有数百个之多，并且都是那么贴切和自然，这是建立在他渊博的知识背景和广阔的文化胸怀上的。也正是有了如此的学养和胸怀，大江先生才能站在世界的高度上，倡导我们亚洲的作家们，创造"世界文学之一环的亚洲文学"。

五、 关注孩子与关注未来

去年，我曾经为我的读比较文学的女儿设计了一个论文题目： 《论世界文学中的孩子现象》。我对她说，从上个世纪六十年代至今，世界文学中，出现了许多以孩子为主人公，或者以儿童视角写成的小说。这种小说，已经不是《麦田里的守望者》那样的成长小说，而是具有广阔的社会背景和复杂的文化背景，塑造了独特的儿童形象。譬如德国作家君特·格拉斯的《铁皮鼓》中的奥斯卡，尼日利亚作家本·奥克利《饥饿的路》中那个阿比库孩子阿扎罗，英籍印度裔作家萨尔曼·拉什迪《午夜之子》中的萨利姆·西奈，中国作家韩少功《爸爸爸》中的丙崽，阿来《尘埃落定》中的那个白痴，以及我的小说《四十一炮》中那个被封为'肉神'的孩子罗小通和《透明的红萝卜》中的那个始终一言不发的黑孩儿。我特别地对她提到了大江先生最近的"孩子系列"小说： 《被偷换的孩子》中的戈布林婴儿、《愁容童子》中的能够自由往来于过去现在时空的神童龟井铭助。我问她： 为什么这么多不同国家不同文化背景的作家，会不约而同地在小说中描写孩子？为什么这些孩子都具有超常的、通灵的能力？为什么这么多作家喜欢使用儿童视角，让儿童担当滔滔不绝的故事叙述者？为什么越是上了年纪的作家越喜欢用儿童视角写作？小说中的叙事儿童与作家是什么关系？我女儿没有听完就逃跑了。她后来对我说，导师说这是一个博士论文的题目，她的硕士论文用不着研究这么麻烦的问题。

我知道自己才疏学浅，很难理解大江先生"孩子系列"作品中孩子形象的真意，但幸好大江先生自己曾经做过简单阐释，为我们的理解提供了钥匙。

大江先生在《被偷换的孩子》中，引用了欧洲民间故事中的"戈布林的婴儿"。戈布林是地下的妖精，它们经常趁人们不注意时，用满脸皱纹的妖精孩子或者是冰块做成的孩子，偷换人间的美丽婴儿。大江先生认为他自己、儿子大江光和内兄伊丹十三都是被妖精偷换了的孩子。这是一个具有广博丰富的象征意义的艺术构思，具有巨大的张力。其实，岂止是大江先生、大江光和伊丹十三是被偷换过的孩子，我们这些人，哪一个没被偷换过呢？我们哪一个人还保持着一颗未被污染过的赤子之心呢？那么，谁是将我们偷换了的戈布林呢？我们可以将当今的社会、将形形色色的邪恶势力，看成是戈布林的象征，但社会不又是由许多被偷换过的孩子构成的吗？那些将我们偷偷地置换了的人，自己不也早就被人偷偷地置换过了吗？那么又是谁将他们偷偷地置换了的呢？如此一想，我们势必跟随着大江先生进行自我批判，我们每个人，既是被偷换过的孩子，同时也是偷换别人的戈布林。

大江先生在他的小说和随笔中多次提到过他童年时期与母亲的一次对话，当他担心自己因病夭折时，他的母亲说："放心，你就是死了，妈妈还会把你再生一次……我会把你出生以来看过的、听过的、读过的还有你做的事情，一股脑儿地讲给他听，而且新的你也会讲你现在说的话，所以两个小孩是完全一样的。"我想，这是大江先生为我们设想的一种把自己置换回来的方法。大江先生还为我们提供了第二种把自己置换回来的方法，那就是像故事中的那个看守妹妹时把妹妹丢失了的小姑娘爱妲一样，用号角吹奏动听的音乐，一直不停地吹奏下去，把那些戈布林吹晕在地，显示出那个真正的婴儿。

我们希望大江先生像他的母亲那样不停地讲述下去，我们也希望大江先生像故事中那个小姑娘爱妲一样不停地吹奏下去。您的讲述和吹奏，不但能使千千万万被偷换了的孩子置换回来，也会使您自己变成那个赤子！

以上文本经出版社授权发布

本文选自
《我们都是被偷换的孩子》，
莫言著，
浙江文艺出版社，
2020 年 5 月，
46.00 元。